05
Management of Novice Alchemist
The Arrival of Winter and Guests
DATE: ○○ / △△
商売人として言わせてもらうなら、
そんな風流なんて丸めてポイ。
冬なのに元気な閑古鳥の鳴き声に、
私はちょっぴり追い立てられていた。

Sarasa Feed
サラサ・フィード
新米錬金術師。学校を卒業後、
師匠にもらったヨック村の店舗
で錬金術師のお店を開く
Lorea
ロレア
ヨック村の雑貨屋の娘。
サラサの店でお手伝いをする

Management of Novice Alchemist
The Arrival of Winter and Guests
Kate Starven
ケイト・スターヴェン
アイリスのパートナー。
アイリスと共に彼女の治療費
サラサに返済していく
Iris Lotze
アイリス・ロッツェ
採集者。サラサに命を救われるが、
大きな借金を背負うことに
DATE ○○ / △△
荒々しい声と共にどやどやと入ってきたのは、
柄の悪そうな男を五人ばかし引き連れた、若い男だった。
金持ちの商人か、貴族か。どちらにしても厄介事の臭いしかしない。

Management of Novice Alchemist
The Arrival of Winter and Guests
DATE: ○○ △△
「さあ、店長殿。サインを！」
ずいずいと書類を押してくる
アイリスさんと、いつの間にやら
用意したペンをぐいぐい
と突き出してくるケイトさん。

新米錬金術師の店舗経営05

冬の到来と賓客

いつきみずほ

ファンタジア文庫

3118

口絵・本文イラスト　ふーみ

Contents

Management of
Novice Alchemist The Arrival of Winter and Guests

第五章

The Arrival of Winter and Guests

冬の到来と賓客

Management of
Novice Alchemist The Arrival of Winter and Guests

Prologue

プロローグ

数日前から降り続く雪で、ヨック村は寂静に沈んでいた。

日が昇っても出歩く人影はあまり見られず、二階の窓から眺める光景は寞々(ばくばく)としていながらもどこか趣があり、それをまったり味わうのも悪くない、そんな風にも思わせる。

——つまり、とっても風流。

ただ、商売人として言わせてもらうなら、そんな風流なんて丸めてポイ。

冬なのに元気な閑古鳥の鳴き声に、私はちょっぴり追い立てられていた。

「そんなわけで、金策が必要になりました」

ここ数日、毎日開かれている四人でのお茶会。

その席で私が重々しくそう口にすると、アイリスさんがうむうむと何度も頷(うなず)いた。

「おぉ、店長殿も現実を見据えたのか。解(わか)る。解るぞ。私も最初は借金の額を考えないようにしていたからな」

「見据えたというか、見据えざるを得なくなったというか……予想はしていましたが、採集者の活動低下が想像以上でした」

「私たちもここ数日は仕事に行っていないから、あまり言えた義理じゃないけど、冬場は休む採集者が多いのよねぇ」

「その分、働けば利益は大きいんだがな」

大樹海に於(お)ける冬の採集作業には、それなりの困難を伴う。

気温や雪、冬にしか出てこない魔物という直接的な障害に加え、ただでさえ迷いやすい森の中、雪によって景色まで変わってしまっては尚更(なおさら)である。

だがこの時季にしか採集できない素材もあるため、働きさえすればそれなりに稼げるし、冬場に特化した技術を持てば、その額も大きくなる——危険に応じてね。

「サラサさん、そんなに困った状況なんですか？」

「んー、お店が潰れるような状況じゃないけど……錬金術の方は停滞、かなぁ」

少し不安そうに眉尻を下げるロレアちゃんに、私は小首を傾(かし)げ曖昧に頷く。

借金を抱えて首が回らない、ってわけじゃない。でも、先日のアイリスさんたちの救出作戦で、手持ちの現金や素材はそのほとんどを吐き出してしまった。

手元に残ったのは、あまり使い道のない、そして売り先もない錬成具(アーティファクト)と錬成薬(ポーション)の山。

幸い、私が出資して建てた宿の新館は、村に滞在中の採集者で埋まっているし、ディラルさんからの返済も滞っていない。でも、平民の収入としては多いその返済額も、錬金術の素材をたくさん買い込めるほどじゃ、ないんだよねぇ。

錬金術大全も五巻、六巻となってくると、使われる素材の価格も上がるから。

「あとは税金。春になると、そっちも考えないといけないんだよねぇ……」

錬金術師には色々な優遇がある代わりに、税金については結構厳しい。

一年間の収支を書類に纏めて国に提出、併せて税金も支払わないといけない。

私の場合、春にお店を開いたから、冬が明けた時点で書類を作って税金を計算、その支払いのためにお金を用意する必要がある。

「それでもお店は大丈夫なんですか？」

「うん。ウチの運転資金なんて、ロレアちゃんのお給料と食費ぐらいだし？」

この店舗兼住宅は買い取った物なので家賃は必要ないし、従業員はロレアちゃん一人。

この村では少し高めの給料も、錬金術に使うお金に比べれば誤差の範囲でしかない。

「一応、一年間の猶予期間はあるんだけど……できたら、早めに支払いたいかな。あまり遅れると印象も悪いし、少なくとも夏までには諸々終えておきたい、と」

「それでしたら、食事のランクを落とした方が良いでしょうか？　それにお給料ももっと安くても――」

「おっと、ロレアちゃん。それは気にしなくて良いよ。はっきり言って、食事はもちろん、ロレアちゃんが一人でも、十人でも、大勢にはまったく影響がないから」

遠慮がちに言うロレアちゃんの提案を言下に否定する。

折角のロレアちゃんの手料理、美味しくなくなったら勿体ないからね。

そもそもウチの食料品、農産物はロレアちゃんのおかげで産地直送、ご近所さん価格。

四人の一ヶ月分でも安い錬成薬一、二個分程度。

お肉だって、家賃免除の居候二人が時々獲物を持ち帰ってくれるから、実質タダ。

それにロレアちゃんのお給料を加えたところで、本当に微々たるもの。

節約したところで雀の涙。美味しいご飯には代えられない。

「しばらく錬金術を休んで、自分で素材を探しに行こうかな……？」

私はティーカップを揺らしながら、ため息をつく。

この三日間のお客さんは、なんと驚異のゼロ人。

閑古鳥が大合唱しちゃってる。

どうせお客さんが来ないなら、たまには自分で採集するのも一つの方法だよね。

――なんか、月一ぐらいのペースで採集に行っている気もするけど。

「店長さん、私たちに手伝えることがあったら、なんでも言ってね？　店長さんが困っているのって、私たちが原因なんだから」

「うむ。私たちに採ってこられる物なら採ってくるし、店長殿に同行しろというのなら、どこへでもついていこう」

「ありがとうございます。う〜ん、本格的に検討してみましょうか。そろそろ雪も上がりそうですし、明日には出かけられるかもしれません」

来ないお客さんを待ち、お茶を挽くのも時間の無駄。

どうせ挽くなら屑魔晶石だけど、今はこっちの在庫も乏しい。

「店長殿、私は詳しくないのだが、この時季だと、どのような物が得られるのだ？」

「そうですね、少し待っていてください」

私は一度席を立つと、工房から錬金素材事典を持ってきて、テーブルの上に広げた。

「この付近で得られて、採集の難易度が高すぎず、それでいて価値が高い物。それに加えて私が使いたい素材となると、あまり候補がないのですが……」

パラパラと事典を捲り、私はいくつかの素材をアイリスさんたちに示す。

冬の魔物は油断できないので、基本的には植物系。狩れそうなら魔物を狩るのもありだけど、価値のある対象は遭遇するのも、見つけるのも難しい。

その点、植物系は寒さに耐える根性と根気があればなんとかなる。

──たまに遭難して死ぬけど。冬山、舐めちゃダメ。

「あまりない、と言う割には選択肢があるな。やはり高い物を狙うべきだろうか？」

「でも私たち、雪中での採集活動には慣れていないのよね。店長さんがいてくれるとしても、最初は簡単な物からやってみるべきじゃないかしら？」

「冬は長いですし、その方が良いかもしれませんね。私の経験も、何度か実習に出たぐらいですし。それだと適当な素材は――」

カラン、コロン。

話し合いの最中、久しぶりに聞こえてきた音に、私たちは揃って顔を上げた。

「……お客さん？」

「おぉ、この村にも、私たち以上に勤勉な採集者がいたのか」

「氷牙コウモリのこともあるし、普通にしてたら冬に働く必要はないはずだけど」

などと、氷牙コウモリで大きく稼いだケイトさんは供述しており――。

まぁ、二人の場合、借金があったから、同列には並べられないけどね。

「ま、村の人かもしれないし、出てくるね」

「あ、サラサさんたちはそのまま続けていてください。私が出てきますから」

腰を上げかけた私を制し、ロレアちゃんが素早く立ち上がった。

「そう？　じゃあお願い」

「はい。任せてください。久しぶりのお仕事です！」

働けることが嬉しいのか、笑顔で出て行くロレアちゃん。

しかし私たちが相談を再開して程なく、顔に困惑を浮かべて戻ってきた。

「どうしたの？」

「えっと……なんというか、怪しげなお客さんが……」

「え、また？　ノルドさんがやってきた、とかじゃないよね？」

「はい、違います。怪しさはそれ以上です」

「あれ以上って……」

あ、いや、ちょっと待った。

よく考えたら、ノルドさんって、外見はそんなに怪しくなかったよね？　身だしなみに気を遣っていないだけで。色々あって、怪しい人という印象がすり込まれてたけど。

……うん、イメージって怖い。

「解った。すぐに行くね」

「あの、なんだか偉そうな雰囲気だったので、応接室にお通ししたんですが、良かったですか？」

「そうなの？　うん、問題ないよ。あの部屋なら」

それなりに良い調度品は揃えているけど、刻印の効果で盗みはできないだろうし、応接室から廊下へと続く扉の方は、他人には開けられないようになっている。

仮に客が不届き者だったとしても、被害はあまり出ない。

「怪しい人物か……。よし、店長殿、私たちもついていこう」

「そうね、店長さん一人じゃ心配だし」

「ありがとうございます。ロレアちゃんは店番の方、お願いできる？　たぶん、お客さんは来ないと思うけど」

「はい。お気を付けて」

不安そうなロレアちゃんをお店の方へ送り出し、私たち三人は応接室へと向かった。

Episode 1

The First Customer

第一のお客さん

応接室にいたのは、確かに不審な人物だった。

目深（まぶか）に被（かぶ）った帽子と口元まで覆うマフラー、身体（からだ）全体を隠す厚手のコートも、雪の中歩いてきたと考えれば、理解できなくもない。

でも、錬成具（アーティファクト）によって適温に保たれたこの家では、どう考えても重装備にすぎる。

そんな格好でソファーにふんぞり返っているのだから、ロレアちゃんが『偉そう』と表現したのも宜（むべ）なるかな。体格からして男性だとは思うけど、容姿すら窺（うかが）えないのはいただけない。せめて顔ぐらい見せて欲しいよね？

「お待たせしました」

「いいえ、大丈夫ですよ。あなたがサラサ・フィードですか？」

その不審人物は、やや固い私の言葉にもさしたる反応を見せず、ソファーに腰を下ろした私たち三人を順に見た後、私の顔に視線を固定してそう尋ねてきた。

その態度はどこか懐（なつ）かしく……あぁ、あれだ。師匠のお店に来ていた貴族。

中でもまともな方の人たちが、こんな雰囲気だった。

「はい、そうです。失礼ですが、あなたは？」

「あぁ、名乗っていませんでしたね。私の名はフェリク・ラプロシアンです」

「「「えっ⁉」」」

図らずも漏らした声が、三人分揃った。

けど、それも仕方ない。ラプロシアンとはこの国の名前。

その姓を名乗れるのは、王族に連なる方々に限られるのだから。

「名前だけでは信用できないでしょうから……これでどうでしょう？」

彼が懐（ふところ）から取り出して見せたのは、精緻な装飾が施された短剣。

その柄頭（つかがしら）に刻まれていたのは、確かにラプロシアン王家の紋章だった。

これを持てるのは王族、もしくは王族に認められた者のみに限られる。

つまり彼自身が王族でなかったとしても、同等の権力を持ち合わせていることは間違いなく――私たちは即座にソファーから立ち上がり、床に跪（ひざまず）いた。

「（ほ、本物なの？）」

「（私に判（わか）るか！　王都にすら行ったことはないんだぞ⁉　店長殿はどうだ？）」

「（名前は間違いありません。ですが、王族の髪色は皆、金色に近かったはずです）」

私だって王族と会う機会なんてなかったけれど、王都で暮らしていた時に遠目に見たことはあるし、情報や噂話（うわさばなし）も田舎に暮らす人たちよりは多く知っている。

その一つが、王族の髪色の特徴。

しかし、帽子とマフラーで隠された自称王族の髪色は、かなり濃い茶色。

その大半は隠されていて見えないけれど、見間違えようがないほど金色には程遠い。

少なくとも現存されている王族の中に、こんな髪の方はおられないはずだけど……。

「あぁ、この髪ですか？　これは変装ですよ」

そんな風にコソコソ話していた私たちの言葉が耳に入ったのか、彼は帽子に手を掛けるとそれを脱ぎ、マフラーも取り去った。

そうして現れたのは、肩口までの明るいブロンドの髪とエメラルドの瞳。

髪の色どころか、その長さまで一瞬で変わったことにアイリスさんたちが目を丸くするが、私はその錬成具（アーティファクト）に心当たりがあった。

〝変装帽子〟。基本の機能は髪の色を変化させる錬成具（アーティファクト）。

染める手間も、後から脱色する必要もないので、変装道具としてはかなり便利な代物。

更に高機能品ともなれば、髪の長さや瞳の色まで変化させることができ、その分、お値段も段違いなんだけど、殿下であれば持っていても何らおかしくない。

「失礼致しました。それで殿下、殿下のような方がこのような田舎にお越しになるとは、いったいどのようなご用件が？」

「それはですね。……あぁ、その前に。あなたたちも座ってください。見ての通り、今回は微行ですからね。細かい礼は不要です」

そうは言われても相手は王族。どうしたものかとアイリスさんとケイトさんに目をやれば、二人は判断を任せるように私を見返してきた。

その視線が物語るのは、『高貴な方への対応なんて解らない！』である。

私平民。アイリスさん貴族。

普通ならアイリスさんの方が慣れているはずだけど、そうじゃないのがロッツェ家。

これまでの人生で出会った貴族の数でいえば、おそらく私の方が何倍も多いだろう。

もっとも王族なんて、私も初めてなんだけど……指示に従わないのも不敬だよね。

「それでは失礼して――」

私が立ち上がれば、アイリスさんたちも続いて立ち上がる。

そうして視線を上げた私は、その次の瞬間、過去最高に表情筋と腹筋を酷使した。

「「――っ！」」

「――くっ！」

僅かに声を漏らしたのは、アイリスさん。けど、これは責められない。

だって、立ち上がったことで見えた殿下の頭の天辺は、綺麗に髪がなくなり、ツルツルになっていたのだから！

もしこれがお爺さんとか、中年を越えたおじさんとかなら、なんの問題もなかった。

もしくは若い人でも髪が完全になかったり、全体的に薄くなっていたり、ごく普通の容姿だったりすれば大丈夫だったはず。

でも相手は、控えめに言っても美形。

普通に言うなら超イケメン。正に王子様。

しかも残っているのは、さらさらの綺麗な長い髪。そんな人の髪の毛が、頭頂部だけ丸くなっているとか、笑わずに耐えろという方が厳しい。

「んん～？　どうかしましたか？」

私たちの苦悩を知ってか知らずか、肩口の髪を『ふぁさぁ』とかき上げる殿下。

ふわりと髪がなびき、キラリと光る白い歯と頭。

いや、これ、絶対わざとだ。笑わせに来ている。

だからといって、この国のトップに近い殿下を笑えばどうなるか。

私はぐっとお腹に力を入れ、ゆっくりとソファーに腰を下ろす。

そしてアイリスさんとケイトさんも、無事に腰を下ろし――。

「おっと！」

殿下の手からポロリと帽子が落ちる。

身体を倒してそれを拾い上げる殿下。

丸見えになる頭頂部。

「――っ、ぷはっ！　くぷぷぷっ！」

耐えきれなくなったのはアイリスさんだった。

でもそれを非難するのは酷だろう。私だってかなりギリギリなんだから！

これは殿下の方が悪いって‼

だからといって、そのまま済ますことなどできるはずもなく、アイリスさんは即座に床に平伏し、ケイトさんも顔を青くして腰を浮かす。

「申し訳ございません、殿下！　な、何卒、責めは私一人に！　ロッツェ家には――」

「ふふふっ、いや、気にしないでください。むしろ、我慢せずに笑ってくれても構いませんよ？　この場でならね」

「い、いえ、そんな……」

殿下は笑いながら手を振るが、顔を上げたアイリスさんは戸惑ったように視線を彷徨わせ、それを見た殿下が再びさらりと髪を触ると同時、アイリスさんは再度顔を伏せた。

声こそ聞こえないが、その肩が震えているのは、決して見間違いではないだろう。

この殿下、質が悪すぎる‼

「はっはっは、ノルドなんて、見た瞬間に大爆笑しましたよ？」

「ノルド……ノルドラッドさんですか？」

「えぇ。私がここに来た理由の一つです。あなた――確か、アイリスさんでしたね。そのままでは話しにくいですから、気にせずに座りなさい」

「ですが……」

アイリスさんは躊躇(ためら)いを見せるが、殿下に促されると、拒否もできず、再び私の隣に腰を下ろした。殿下はそれを見て頷(うなず)き、「さて」と言葉を続ける。

「既に予想はついているでしょうが、私がここに来た目的はこの頭です」

「それは……殿下の頭髪が少々……その……暇乞(いとまご)いをされている件ですか？」

失礼にならないよう、どう表現するべきかと、悩んで捻(ひね)り出した微妙な言い回しを殿下は「ふっ」と笑ってはっきりと言い放った。

「普通にハゲと言ってください、ハゲと。無駄な気遣いは不要です。そうです、それです。サラサさん、あなたには発毛剤を作ってもらいたいのです。できますよね？」

「それはできますが……」

発毛剤は錬金術大全の五巻に載っている錬成薬(ポーション)で、今の私であれば作製は可能。

そして先ほどのアイリスさんたちに提示した、この時季の採集に適した素材の一つが主原料となっている物。不思議なことに、とてもグッドタイミング。

けど、それもある意味では必然。その素材、〝ミサノンの根〟は時季を問わずに採取が可能な素材だけど、寒さの厳しいこの時季に採取した物のみが〝発毛剤〟の原料として使え、他の時季に採取した物で作った場合は、〝育毛剤〟となる。

つまり目的が発毛剤であれば、この時季に来るのが合理的で、そこまで不思議というわけではない──その人が、王子という立場になければ、だけど。

「しかし殿下。ご依頼頂ければ、素材をお届けすることも可能でしたが……」

むしろそうして欲しかった。

事前連絡もなしにいきなりやって来るなんて、なんて無慈悲な行為！

ある程度は貴族に慣れている私も、王族なんて勝手が違うんだから‼

「わざわざご足労頂かずとも、王都であれば腕の良い錬金術師には事欠かないと思いますし、そちらの方がご都合もよろしかったのでは？」

「例えばあなたの師匠である、ミリス師のようにですか？」

「はい」

当然だけど、私と師匠の技術差は言うまでもなく、つい先日もお世話になったばかり。

『ミサノンの根を採ってきて送れ』と言われれば、私に『直ちに！』以外の答えはない。

それさえあれば、殿下がわざわざこんな遠くまで来る理由なんてない。

少し貴族嫌いなところのある師匠だけど、さすがに殿下の依頼を断ったりはしないはずだし……断らないよね？

「確かに錬金術の腕だけを考えるなら、ミリス師に依頼するのが一番でしょうね」

フェリク殿下はニコリと微笑んで私の言葉を肯定しつつ、首を振って言葉を続ける。

「ですが、事はそう単純ではありません。これでも私は王子、そしてミリス師はマスタークラスの錬金術師。依頼をすれば、どうしても注目されます。王都は人が多いだけに、隠し通すのもなかなか難しい」

発毛剤という物は、少々デリケートな代物。

まったく気にしない人もいるけれど、気にする人は非常に気にするのが頭髪問題。

何故か殿下はあまり気にしていない――どころか、それを笑いのネタにするような余裕を見せているけど、普通に考えれば気にする部類に入るのが、殿下の立場である。

つまり、この話が漏れてしまえば、色々と暗躍が始まるのは想像に難くない。

フェリク殿下に取り入りたい派閥であれば、殿下よりも先に入手して恩を売りたいだろうし、敵対している派閥なら入手を邪魔して殿下の失点を狙うだろう。

日和見している派閥であっても、何らかの行動を起こす可能性は高い。

そうなれば錬金術素材の相場は荒れるだろうし、迷惑を被る人も多いわけで。

「それは私の本意ではありません。私としては、このままでもさほど困らないのですが、この髪で公の場に出るのはダメだと父に言われましてね」

「それは、そうでしょう……」

殿下自身は気にしなくても、パブリックイメージというものがある。

年配の王族ならともかく、まだ年若いフェリク殿下。外見の良さは外交的価値があり、そんな殿下が公の場に出られないとなれば、それは王子として失点だろう。

確かフェリク殿下は第一王子だったはずだけど、今の国王は未だ皇太子を決めていないし、状況によっては他の王子、王女が指名されることもあり得るのだから。

「そんなわけでして。厄介な横槍を避けるため、可能なら秘密裏に入手したいのです」

「――フェリク殿下、発言、よろしいでしょうか？」

アイリスさんが少し手を挙げて発言を求めれば、殿下は鷹揚に頷いた。

「えぇ、構いませんよ。先ほど言った通り、礼は不要です」

「恐れ入ります。事情は理解しましたが、何故殿下ご本人がこちらに？　人を遣わせばより目立たないはず。こんな田舎まで足を運ばれる必要はなかったのでは？」

「何故私が来たか、それは錬金術師であるサラサさんの方が詳しいでしょうね」

殿下から視線を向けられ、私は頷いて口を開く。

「えっとね、アイリスさん。育毛剤には二種類あるんです。一つは誰にでも使える汎用的な育毛剤。もう一つは、使う人に合わせた育毛剤。本格的に治療しようと思うと後者の方が必要なんだけど、これを作るためには本人がいないとダメなんです」

前者でも毛は生えるけど、発毛するまでの期間はやや長く、使うのを止めるとまた抜けてしまうことも多くて、効能としてはちょっと微妙。

それに対して後者の方は、一度生えてしまえば数年程度は効果が続くため、多少値は張っても、個人に合わせた物を作って使う方が最終的には良い結果となる。

だからこそ、個人用に作った育毛剤は〝発毛剤〟と呼ばれて区別されるのだ。

ただ、発毛剤を作るためには使用者の診察が必要で、必然的に錬金術師のところへ本人が行くか、錬金術師の方を呼ぶかするしかない。

殿下であれば後者の方法を採れるだろうけど、そんなことをすれば確実に目立つ。

今回に関しては、選べない手段だよね。

「そうだったのか。結構、面倒なんだな」

「はい。〝禿げ薬〟であれば簡単なんですけどね。誰にでも使えて、効果抜群なので」

もっとも、私はレシピを知らないから、作れと言われても作れないんだけど。

載っているのは、微妙な代物が詰め込まれた錬金術大全の一〇巻なんだって。

製作難易度的には五、六巻ぐらいに載せるのが適当だそうだけど、何故載っていないのかといえば、作られた経緯が『発毛剤の失敗作としてできてしまったから』らしい。

開発者、もしも気付かずに使ったとしたら、涙目だよね。

「禿げ薬？　店長殿、そんな錬成薬(ポーション)に需要はあるのか？」

「えぇ、ありますよ、案外。永久脱毛ができるので、一部の人には人気です」

宗教的に髪を剃(そ)っている人たちとか、ムダ毛の処理がしたい女性とか。

安くはないので誰でも使える物じゃないけど、師匠のお店でも時々売れていた。

「使い方次第、ということなのね。でもそれなら、名前を変えれば良いのに」

「ははは……、名前を付けるのは、最初に作った錬金術師ですからね」

これなんかまだマシな方だし。酷(ひど)い物は酷いからねぇ。

錬金術の才能とネーミングセンス、必ずしも両立しないらしい。

「であれば、殿下がお越しになったのも理解できますが……他にも錬金術師がいる中、何故店長さんなのでしょう？　オフィーリア様の弟子だからでしょうか？」

「それもありますが、一番の理由は先ほど言ったノルドです」

「ノルドさんですか？」

「ええ。彼と私はそれなりに長い付き合いでして。先日、彼があなたたちにかなりの迷惑を掛けたでしょう？　なんとかしてくれと頼まれたんですよ」

数ヶ月前、アイリスさんたちを護衛にサラマンダーの調査へと向かったノルドさんは、その飽くなき探究心のおかげで、洞窟内へと閉じ込められることになった。

もし閉じ込められたのが彼だけであれば、私は何もしなかったと思う。

でも、私にとっては不幸なことに、そしてノルドさんにとっては幸運なことに、そこにはアイリスさんとケイトさんがいた。

結果として私は、自腹を切ってアイリスさんたちの救出に乗り出すことになった。

幸い、救出には成功したものの、掛かった費用は掛け値なしに莫大（ばくだい）。

ノルドさんも可能な限り支払ってくれたけど、それは極一部にしかならなかった。

関連して作った錬成具（アーティファクト）や錬成薬（ポーション）は手元に残ったけれど、現金がなくなったことは間違いなく、金策が必要になったのも、九割ぐらいは彼の所為（せい）である。

「それで、ですか。彼も悪い人じゃないんでしょうが……」

こうしてフェリク殿下に口利き（くちき）をしてくれているわけだし。

——正直、微妙にありがた迷惑だけど！

はっきり言って、平民の私からすれば、王族なんて雲の上の人。

師匠の所に来る貴族とか、学校で仲良くなった侯爵家令嬢とか、貴族の応対にはある程度慣れたとはいえ、それでも所詮はある程度。公の場じゃないし、殿下が『礼は不要』と仰っているからなんとかなってるけど、それでも結構胃が痛いですよ？

「彼も研究馬鹿なだけで、能力はあるのですが……すみませんね」

「い、いえ、殿下に謝って頂くことでは！」

「一応はあれでも友人ですから。とはいえ、私がただあなたにお金を渡すわけにもいきませんからね。割の良い仕事を持ってきたというわけです。今回の件、前金として金貨二〇〇枚、成功報酬として金貨一〇〇〇枚を出しましょう」

「「――っ‼」」

殿下の提示した額にアイリスさんとケイトさんが息を呑む。

確かに一つの錬成薬に払う額としては、ちょっと高め。

そう、ちょっとだけ、ね。アイリスさんに使った、ちぎれた手足が繋がるような錬成薬なら、その一〇倍以上するからね、実は。

「よろしいのですか？　それだと相場の二倍近いですけど」

「どんだけ高いんだ、発毛剤⁉」

叫ぶように言ったアイリスさんが慌てて自分の口を押さえるが、殿下は平然と頷く。

「それぐらいは構いませんよ。頼めますか？」

「承知致しました。しかし、これから素材を集める必要がありますので、ある程度のお時間を頂く必要がありますが……」

「問題ありません。当面はここの周辺地域を巡るつもりですから」

殿下は頷きつつ、自分の頭を指さして言葉を続ける。

「医者によると、これの原因はどうもストレスにあるようでして。今回はしばらく王都から離れ、視察と旅行を兼ねて息抜きをしようと思います」

そう言いながらイケメンスマイルを浮かべるフェリク殿下ではあるけれど、その笑顔はどこか嘘くさい。

視察はまだしも、旅行先としてこの辺りが向いているかと言われれば、疑問しかない。

風光明媚、穏やかな気候、素敵な癒やしスポット。

そのいずれもこの地域にはない物だから。

いや、『普段見られない光景』ということであれば、大樹海やその先にある山脈に足を延ばせばいくらでも見つかるだろうけど、同時に命の危険もつきまとう。

――どう考えても、選択を間違ってますよね？

などと、賢明な私は言うはずもなく、ただ必要なことだけを口にする。

「それでは、殿下の御髪(おぐし)を少々――」

けれどそんな私の言葉を遮るように、背後の店舗スペースからロレアちゃんの焦(あせ)ったような声が響いてきた。

「や、止めてください！　きゃっ！」

「オラッ‼」

ガンッ、ガシャン、ドン！

ロレアちゃんの声と聞き覚えのない男の声。それに続く破壊的な音。

その大きな音に私は後ろを振り返り、腰を浮かしかけたが、グッと堪(こら)えて殿下を窺(うかが)う。

すぐに確認に行きたいところだけど、私が相手をしているのは普通のお客さんじゃない。

いくら礼は不要と言われていても、中座するのはあまりにも礼を失する。

だが殿下は、心得たようにすぐに頷いた。

「構いませんよ。行ってください」

「失礼します！」

即座に立ち上がり、店舗スペースへと続く扉を開けば、目に飛び込んできたのは柄の悪い男四人と立ち竦(すく)むロレアちゃん、そしてロレアちゃんを守るようにカウンターの上に仁王立ちするクルミの姿だった。

事情は不明だけど、クルミが戦闘態勢に入っていることから鑑みて、彼らが何か攻撃的なことをしたのは確実。しかし、そんなクルミを彼らは鼻で笑った。

「ハハッ、何だこりゃ？　動くぬいぐるみですかぁ～？」

確かにクルミの姿には、まったく威圧感がない。

でもそこは錬金術師のお店にある物。普通の頭を持っていれば警戒する――が、残念ながら彼らの首の上にあるのは、普通の物じゃなかったらしい。

「邪魔なんだよ！　オラッ‼」

クルミを薙ぎ払うように手を振り上げる男。

「……愚かな」

私の背後から覗くアイリスさんが呟くのと、クルミが動くのはほぼ同時だった。

ぴょんと跳び上がったクルミから繰り出されたのは、クルミ・ドロップキック。

鋭く放たれたそれが、男のお腹にめり込む。

「ぐえっ！」

呻き声を上げて前屈みになったところで、床に着地したクルミが再びジャンプ。

片腕を突き上げて回転しながら、クルミ・コークスクリュー。

顎をかち上げられた男がふわりと浮き上がり、そのまま背後へと倒れた。

「「「…………」」」

ちょっと現実感のない光景に、三人の男が目を見開いて言葉を失う。

ちなみに倒れた男は完全にノックアウト。

目を見開くどころか、見事な白眼となっているけど、息はしている様子。

——うん、手加減はバッチリだね。

クルミの爪は、岩すら削る強靱な物。手加減なしでやったら、大事な私のお店が血で汚れる——じゃなくて、大きな怪我をさせちゃうからね。

「……はっ⁉　な、何だそりゃ⁉」

「この店のボディーガードですよ。それより、あなたたちこそ何ですか？」

「ボディーガード？　ふざけんじゃねぇぞ‼」

一歩踏み出して誰何した私に対する男たちの答えは、乱暴なものだった。

一人の男が大きく脚を振り上げ、苛立ち任せに店内の棚を蹴り飛ばそうとする。

——が、それはこのお店では、明らかな悪手だった。

その足が棚に当たる寸前、防犯の刻印が発動、棚を守るように薄い光の膜が出現し、それに男が触れた瞬間、彼の身体は麻痺したように動かなくなって床に頽れる——前に、その鳩尾にクルミのパンチが炸裂、意識を失って一人目の隣に枕を並べた。

「な、なんなんだよ、これは⁉」

残り二人が狼狽したように後退るが、それを考慮してやるつもりは毛頭ない。

「クルミ、やって」

「がうっ！」

私が指示を出すと、クルミは即座に動いた。

下から抉り込むようにもう一人のお腹をパンチ、倒れてきた男の顎に追い打ち。

背を向けて逃げだそうとした最後の一人に対しては、棚を踏み台にしてジャンプ。

天井を蹴って、その首筋に強烈な打撃を与えた。

ドサリと倒れる男二人と、くるりと一回転してポフンと着地するクルミ。

そしてクルミは、どこか満足げに私を見上げた。

「事情も訊かず思わずやっちゃったけど——何があったの？」

クルミを抱き上げてロレアちゃんに尋ねてみれば、彼女は少し青い顔で頷いた。

「は、はい。えっと、よく判らないんですけど、お店に入るなり暴れ始めて……」

見れば、私たちがお茶会に使っているテーブルと椅子が倒れている。

なるほど。据え付けじゃない家具には、防犯の刻印が効果を発揮しないから、彼らも無事だったのか。私たちが椅子に蹴躓くこともあるから、あれは対象にできないしね。

「怪我はないみたいだね。良かった」

多少の荒事には慣れている私やアイリスさんたちと違い、ロレアちゃんはただの村娘。これまで知り合いばかりの村から出ることもなく、人から強い悪意や暴力を向けられる機会なんて、なかったのだろう。

クルミをカウンターの上に置いて、少し震えているロレアちゃんを抱きしめて頭を撫（な）でると、やや強張（こわば）っていたその身体から力が抜けた。

「ロレア、お店の被害は？」

「大丈夫です。テーブルと椅子を倒されただけで、すぐに皆さんが来てくれたので」

私に続いて出てきたアイリスさんが、倒れていたテーブルと椅子を起こしながら尋ねれば、ロレアちゃんは私に身体を預けたまま、コクリと頷いた。

それに続いてケイトさん、更には殿下までこちらに移動してくると、殿下は少し面白そうな表情で、店内とカウンターの上に飛び乗ったクルミを眺める。

「見事なものです。防犯の刻印と錬金生物（ホムンクルス）ですか？　さすがはミリス師の弟子ですね」

「恐縮です。――刻印の方は、元々このお店にあった物ですが」

「刻印はそうでも、その錬金生物（ホムンクルス）はサラサさんが作ったのでしょう？　ノルドから腕の良い錬金術師とは聞いていましたが、これなら安心して任せられそうです」

「ありがとうございます。——この男たちは、何も言わずに暴れ出したの？」

「はい。私が挨拶したら、突然……」

う〜ん、店員の態度が悪い、なんてことはロレアちゃんに限ってないだろうし。

私がこのお店を開いて以降、多少は柄の悪い採集者もいたけれど、ヘル・フレイム・グリズリーの件があるからか、いきなり暴れ出すような人はいなかった。

防犯の刻印に関しても、これまでその機能が活躍したのは、少々悪質な採集者が言いがかりを付けてカウンターを強く叩いた時のみ。

保険だったクルミの存在が、本当に役に立つ日が来ようとは。

この男たち、見たことない顔だし、最近新しく来た採集者がイキってみただけ？

ウチでそんなことしても優遇なんてしないし、出禁にするだけなんだけど。

「なんだろ？　恨まれるような身に覚えは……ない？　かも？」

私が小首を傾げると、アイリスさんが呆れたように肩をすくめた。

「いや、あるだろ、店長殿。逆恨みではあるだろうが」

うん、あるね。少しはあるね。

今更？　って気もしなくもないけど。

「店長さん、この人たちはどうするの？」

「そうですね……外に放り出しておきましょう」

本当なら丁寧に事情を訊きたいところだけど、間の悪いことに今日は殿下がおられる。

まさか放置して事情聴取にかまけるわけにもいかず、私とケイトさんは意識のない男たちを引き摺って外に出ると、ふかふかの雪のお布団の上に彼らを寝かせてあげた。

ちょっと冷たいから、風邪ぐらいは引くかな？

でも、それは自業自得だよね。

もしロレアちゃんが怪我でもしていようものなら、真っ白で分厚い掛け布団も奢ってあげるところだけど、そこまでは勘弁してあげよう。

私は優しいからね。

「お待たせ致しました」

「いえ、構いませんよ。——ああいう採集者は多いのですか？」

応接室。再度向かい合った殿下にそう尋ねられ、私は首を振った。

「いえ、初めてです。多少凄んだりする採集者はいましたが、いきなり暴力に訴えるようなのは……。初めて見る顔でしたし、この村に来たばかりなのかもしれませんね」

「そうですか……。何かあれば言ってください。ノルドがかけた迷惑分ぐらいは手助けしましょう」

「恐れ入ります。でも大丈夫だと思います。ご覧頂いた通り、あの程度であれば」

多少の横車を押すぐらいは可能なほどに、この国の王族の力は強い。

だけど、その力を借りるなんて、どう考えても厄介事の臭いしかしない。

借金は計画的に。利率の判らない借りは絶対に避けるべし!!

あっという間に膨らんで、身動き取れなくなるかもしれないからね。

やや引き攣った笑みで謝絶した私に、殿下の方は面白そうな表情を浮かべた。

「そうですか？　まあ良いでしょう。――それで、髪の毛でしたか？」

「はい。この瓶の中に数本ほどお願い致します。それから――」

他にも殿下の魔力の質、肌の状態など、いくつかの検査を行い、健康状態を問診。

この結果に基づいて、使う素材の配合割合が決定する。

もっとも錬金術大全と照らし合わせるだけなので、そこまで難しいことではない。

発毛剤については、かなりの紙幅を費やして記述されているから。

これを見れば、世の男性方がどれだけ悩んできたか、戦ってきたか、そしてお金を費やしてきたか、想像に難くない。

また、それに対抗するかの如く錬金術大全を占拠しているのは、女性向けの美容関係。

男の頭髪の悩みと同じかそれ以上に、女の美に掛けるコストはとんでもないのだ。

「――殿下、お疲れ様でした。これで終了です。これから素材を集めることを考えると、完成までに数週間は必要ですが……いかが致しましょうか？」

「では、また折を見て訪れるとしましょう。よろしくお願いします」

「はい、お任せください」

殿下が立ち上がるのにあわせて私も立ち上がり、一人で出口まで案内する。

アイリスさんとケイトさん？

私が問診を始めた時に『私たちにできることはないから』と、早々に逃げちゃった。

そして、それはロレアちゃんも同様。けど、それについては何も言うまい。

慣れていないロレアちゃんが、殿下相手に下手なことをしちゃったら、取り返しがつかないし、私も気持ちは解るから！

権力者とはあまり関わりたくないよね。

どっちかといえば、アイリスさんはそっち側だけど！

「お気を付けてお帰りください」

やっと帰ってくれる、そんな気持ちが漏れないよう私は深々と頭を下げると、雪を踏む音が聞こえなくなるまでそのまま待機。やがてゆっくり身体を起こし、なんとか無事に終わった賓客の訪問に、深く安堵の息を吐いたのだった。

◇　◇　◇

殿下の見送りを終えた私は、お店の看板を閉店へと変え、しっかりと鍵をかけると、応接室のソファーにぐったりと身体を預けた。

「うー、あー、たー」

精神的疲労から、私が意味もない呻き声を漏らしていると、申し訳なさそうな顔をしたアイリスさんたちが、応接室に戻ってきた。

「お疲れ様、店長さん」

「本当にお疲れですよー、みんな逃げるしぃ～？　特にアイリスさん。アイリスさんは、私をとても労うべきです！」

この中で一番、社会的地位が高いんだから！

「もちろん、できることならさせてもらうが……？」

「取りあえず、ここ。ここに座ってください」

私はソファーをペシペシ叩くと、苦笑しながらそこに腰を下ろしたアイリスさんの太股を枕に、全力でだらける。うむ、程良い。

「すまなかったな、店長殿。だが、万が一粗相をしたら、と思うと……」

「ええ、私も殿下の相手なんて……むしろ店長さんは、よく普通に応対できたわよね」

「まぁ、師匠のお店にも貴族は来てましたから」

それに加え、学校でマナーを習ったし、親しい先輩が貴族だったから、侯爵家の当主なんて高位貴族とも会ったことがある。だから普通よりはマシだろうけど――。

「でも、王族と関わるようになるとは予想外だったよ～。ノルドさん、厚意なのかもしれないけど、正直、ありがた迷惑！」

「確かにな。断ることもできないだろうし」

「もちろんですよ！　こんな所まで来た殿下に、『王族相手のお仕事はちょっと……』とか言えるわけがないです‼」

報酬は良いけど、それが心労に見合うかどうかは微妙だよね。

失敗したら、命が危ないし？

「サラサさん、温かいお茶を淹れましたが、飲みますか？」

「もらう～」

ロレアちゃんの心遣いを飲んで、一息。

一緒に差し出してくれたクッキーもパクリ。

優しい甘さが心を癒やしてくれる。

「ふぅ～。ありがと」

「いえいえ、私は何もできませんし……でもあの人、王子様だったんですね。格好いい人だとは思いましたけど」

「そうなんだよ。……ロレアちゃんはああいう人がタイプ？　結婚したい？」

なんだか『ほえ～』と目線を上に向けているロレアちゃんに尋ねてみれば、彼女は慌てたように両手をぱたぱたと振った。

「い、いえ、全然！　住む世界が違うので、全然！　美形だな、とは思いますけど、まったく実感が湧かないというか……想像もつかないというか……」

「そっか。ロレアちゃんだとそうなるか。アイリスさんとケイトさんは？　アイリスさんは一応、貴族の令嬢ですけど」

「私も同じだな。店長殿が言う通り、本当に〝一応〟だからな」

「考えられないわ。相手が王子だと、私とロレアちゃんの差なんて、あってないようなものだもの」

学校だと王子様に憧れて、『きゃー、きゃー』言っているお嬢様方もいたけど、まぁ、あそこは高位貴族の人も多かったからかな？

私の親しかったプリシア先輩とかは侯爵家令嬢だし、王子様のお相手としてもあり得なくもない。——本人にそんな気は、全然なさそうだったけどね。

「店長さんはどうなの？」

「私もまったく。あんまり関わりたくないですよね、あのへんの人たちって。良い人もいるんですけど、大抵の人は付き合うと、精神的に疲れるんですよ……」

そんなのが一生続くとか、ちょっと勘弁願いたい。

生まれついての王子ですら、ストレスで髪が抜けちゃうんだから。

——いや、人付き合いが原因とは言ってなかったけど。

一見良い人に見えた殿下自身も、笑顔の下に何か隠していそうで……そんな人との結婚生活なんて、お金を貰（もら）ってもやりたくない。

「ふむ、店長殿でもそうか。しかしまさか、フェリク殿下が護衛も連れずにこのような場所に来るとはな。実は、かなりの実力者なのか？」

「殿下も腕は立つでしょうが、護衛はいたと思いますよ？　おそらくは、ですけど」

お店の中には入ってきていないと思うけど、家の周囲には何か違和感があった。

たぶんあれが、護衛の気配だと思う。

でも、さすがは王子に付くような護衛。私程度だと、いると思って注意しても、『なんか普段と違うかも？』程度にしか判らなかった。

「それに加え、身を守るための錬成具をかなりの数、身に着けていましたね。たぶん、師匠が作った物を」

あれならちょっとやそっとじゃ怪我もしないだろうし、護衛が多少離れた位置にいたとしても、なんの問題もない。

「そういえばお茶もお出ししませんでしたけど、大丈夫でしたか？」

「あぁ、それは問題ないよ。貴族相手だと、お茶会や食事に誘ったのでもない限り、出さないのが普通だから。特に親しい相手を除いてね」

貴族ともなれば、何が入っているかも判らない物を口にできるわけがなく、必要であれば自らが連れてきた従者が用意する。

手を付けないと判っていても、一応はお出しして歓迎の意を示す方法もあるけれど――。

「万が一、何かあった場合――それが食中毒だったとしても、疑われたりしたら致命的だからね。文字通りの意味で」

それが平民だったら、あっさりと首が飛ぶ――物理的に。

「はぁ……面倒なんですね、貴族って」

チラリとロレアちゃんから視線を向けられ、アイリスさんはパチパチと瞬きをして、プルプルと首を振る。

「ん？　ウチは全然違うからな？　自慢じゃないが、貴族を招くことも、招かれることもない。そもそもそんなマナー、初めて聞いたからな！」

「アイリス……それ、本当に自慢にならないから。学ぶ機会がないとはいえ、ね？」

「まぁ、良いじゃないか。どうせ使う機会もないのだから」

そう言ってアイリスさんは肩をすくめると、苦笑を浮かべて言葉を続けた。

「しかし、王族という立場も大変だなぁ。たかだか錬成薬一つ手に入れるにも、外聞を気にする必要があるのだから」

「……もしかしてアイリスさん、殿下が話した内容、まるっと信じてます？」

「え、嘘なのか？」

「嘘ではないと思うけど……ケイトさん、アイリスさんがロッツェ家の当主になって大丈夫なんですか？　こんなに…………純真で」

私が言葉を濁し、ケイトさんに視線を向ければ、彼女は困ったように笑った。

「アイリスに貴族然とした振る舞いは期待してないわ。奥様はもう嫁に期待すると」

「へぇ、嫁……嫁ぇ⁉」

「ええ、お嫁（店長）さんに」

「もはや既定路線⁉」

「あ、いえ。お婿（店長）さんでも構わないと仰（おっしゃ）っていたけれど」

「ほぼ同じぃー！」

「優良物件だから。店長さんに関することなら、ロッツェ家の名前は好きに使って良いと言われているし。効力は弱いけど、殿下に頼るより安心よ？」

「むぅ、それは確かに」

殿下の力を借りたら、どれだけ面倒なことになるか。考えたくもない。

「それに店長さんも、満更でもないんじゃない？」

ケイトさんがニコリと笑って指さすのは、私の枕。

「……おっと」

私は身体（からだ）を起こすと、お茶を一口飲んで話を戻した。

「実際のところ、殿下であれば、師匠をこっそり呼びつけるのは、難しくないと思うんですよね——師匠さえその気になれば」

あの超人的な師匠が、気付かれないように殿下の元に赴くことと、殿下がこっそり私の元に来ること。どちらが難しいかなど、言うまでもない。

むしろ師匠なら診断せずとも、誰にでも使える発毛剤ぐらい作れそうだし。

「サラサさん、誤魔化せてませんよ……？」

「ロレアちゃん、何のことか判らないよ？」

「別に、良いですけど～？」

ロレアちゃんのジト目から目を逸らし、私は言葉を続ける。

「おそらく私の所に来たのには、別の目的があると思うんですよ」

「別の目的……それは？」

「判りませんけど。でも、その目的のためには、私がこの仕事を引き請けた方が都合が良かったんでしょうね。……私には都合が悪そうだけど」

「なら、引き請けない方が良かったんじゃ？」

「断れると思う？　ロレアちゃん。王族からの依頼を」

「無理ですよね。すみません」

しゅんと下を向いたロレアちゃんを慰めるように、私は微笑んで首を振る。

「いや、謝らなくて良いよ。私もできたら断りたかったぐらいだし。でも、引き請けちゃったからには、頑張らないといけません」

「そうよね。失敗も遅延も許されないし。店長さん、大丈夫？　プレッシャーとか」

「そこはいつも通り、真面目にやるだけなので。ただ、ミサノンの根を採りに行かないといけないのが難点ですね」

「それは予定通りではないのか？　殿下が来る前も素材採集に行こうと相談していたし、その素材も候補に挙がっていただろう？」

「それはそうなんですが……」

天候を見計らい、『見つかったら良いな？』ぐらいの気持ちで採取に行くのと、期限が区切られ、『是が非でも見つけねば！』と採取に行くのでは、危険性が全然違う。

「採取できることは間違いないので、一応候補には挙げましたが、比較的難易度が高い素材なんですよ、これ」

私も冬山での採集経験は乏しいため、今冬は比較的容易な採集物で経験を積むことを目的とし、ミサノンの根は運良く見つかれば採取するぐらいのつもりでいた。

「実習で入った経験はありますが、冬山って、決して侮ってはいけない場所ですからね。お金は必要ですけど、命あっての物種。アイリスさんたちは……」

「うむ、一度も入ったことはない」

「日帰り程度ならともかく、泊まりではまったく。採集者として冬山に入るような技術も持ってなかったし。装備にもお金が掛かるでしょ？」

「はい。装備の性能が生存率に直接影響しますからね。ミサノンの根を目的に冬山に入るなら、何年か経験を積んでからと思っていたんですが……こうなっては、そうも言っていられません。事前準備をしっかりと行うしかないでしょうね」

問題はそれにもお金が掛かること。殿下が置いていってくれた前金、金貨二〇〇枚はあるけれど、これだけだとちょっと心許ない。

「素材が残っていれば、それで装備を調えることもできたのですが……」

「私たちが遭難したことが原因か。すまない」

言葉を濁した私に、アイリスさんが頭を下げる。

そうなんだよね。今まで貯めていた素材の大半は救出に使えそうな錬成具の作製や、その試作などに使われ、お店の倉庫は空っぽ——じゃないね。

詰まってるね。使い道も、売り先もない邪魔な錬成具が。

「二人を助けたことは後悔してないので、良いですよ、そこは」

「全部とは言えないけど、利息は身体で返すわ。店長さん、アイリスを好きにして」

「そうそう、私の身体を——何でだ！　そこは労働で返すところだろう⁉」

さらりと主を売ったケイトさんの言葉に『うむうむ』と頷きかけたアイリスさんが、ぐりんっと首を回してケイトさんに詰め寄った。

「借金の残り、労働で返せる額？　娼館に売り払われても文句が言えないような大金よ？　現状だと本格的には使えないけど、そこは今後ということで、取りあえずは寒い夜の湯たんぽ代わりにでも」

「使う⁉　湯たんぽ⁉　私の扱いが酷い！　店長殿、それならばむしろケイトがお薦めだ。柔らかくて温かい、良い抱き枕になるぞ」

「ほう。どれどれ――」

確かにケイトさんは、なかなかに柔らかそうな物をお持ちだ。

思わず手を伸ばした私の手を、誰かがガシリと摑んだ。

顔を向ければ、そこには笑顔のロレアちゃん。

「サラサさん？」

「いや、冗談だよ？　ちょっと触ってみたかっただけで――」

「大きすぎる抱き枕は邪魔ですよ？　私ぐらいがちょうど良いんじゃないでしょうか？」

「別に必要ないからね⁉」

以前、ロレアちゃんと一緒に寝た時に、胸とか触られたことがあるけど、あれって本気じゃなかったよね？　村に同年代の異性がいないからと同性に走ってないよね⁉

「私も冗談です。でも、アイリスさんたちの身体を好きにしても、お金は増えませんよね。

——貸し出すならともかく」

「ロ、ロレア？　それも冗談だよな？」

微妙に顔色を悪くして尋ねたアイリスさんに、ロレアちゃんはニコリと微笑む。

「はい、もちろん。——価値に見合ったお金を出せる相手がいませんし。フフフ……」

「ねぇ、店長さん。ロレアちゃんが怖いんだけど」

「きっとケイトさんの悪影響ですね。純朴な田舎娘だったロレアちゃんが、こんなになっちゃって……よよよ……」

私がわざとらしく目元を拭うと、ケイトさんが深くため息をつく。

「ロレアちゃんがより多くを学んでいるのは、店長さんからだと思うけどね？　——まぁ良いわ。資金不足を嘆く前に、まず何が必要か検討しましょ」

「ですね。まず何はなくとも冬山装備ですね。これがなくては普通に死にます」

防寒着は当然として、もしもの備えは超重要。

先日の遭難でアイリスさんたちが生還できたのも、備えていたからだし。

「当然だな。あとは情報も重要だな。当てもなく歩き回るには、冬山は危険すぎる」

「そうね。でも、情報が集まるかどうか。採集者に訊いてみるけど、あまり期待しないでね？　そんな知識を持っていれば、閑古鳥が鳴いているわけないもの」

ケイトさんが視線を向ける先は、お客さんのいない店舗スペース。この冬、冬山の素材は一度も持ち込まれていない。つまりは、そういうことなんだろうねぇ。

「えっと、私にできることは何かありますか？」

「ロレアちゃんには、料理をお願いしたいかな？」

「料理……食材の調達ですか？」

「それも含めて、美味しい料理を作って欲しいの。あと、美味しいお菓子も。甘さ強めで手軽に食べられる物が嬉しいかな？　砂糖とかは贅沢に使っても良いから」

「えっと、お仕事に行くのにお菓子？　もっとお腹が膨れる物の方が良くないですか？」

「いやいや、冬山に甘い物は必須だよ？　万が一の際の生存確率――具体的には生きようとする気力にも影響するから。歩きながら食べられる行動食も重要だね」

錬金術で作った携行保存食はとても優秀だけど、精神的満足感については論外。

選択肢がなかったとはいえ、遭難したアイリスさんたちが、これを食べて長期間生き延びたのは、なかなかの精神力だと思う。

しかも暗い洞窟に閉じ込められ、出られるかも不明な状況。

下手したら、食料の前に精神力の方が尽きていたはず。

もちろん今回の冬山では遭難しないよう、十分に注意するつもりだけど、もしもに備えて春まで生き延びられるような用意はしておきたいし、その場合にはバリエーションのある食事の有無が重要。私は携行保存食だけで冬越しはしたくない。

「アイリスさんたちも、美味しい料理、欲しいですよね？」

「確かに携行保存食だけは辛かったが、飢饉の時に比べれば、まだマシだったな……」

「そうよね。活動に支障はなかったものね。あの時とは違って……」

「手が震えることもなかったし」

「幻覚が見えたりもしなかったわね」

おや？　軽く同意を求めてみれば、二人はハイライトの消えた荒んだ目になって、宙を見上げてしまった。飢饉で大変だったとは聞いていたけど、どんだけ？

アイリスさん、貴族だよね……？　あ、いや、そうじゃない。

「ほら、ロレアちゃん。二人も美味しい物が必要と言っているよ！」

「いえ、言ってませんよね？　むしろ、意識が飛んでませんか？」

「私は村の保存食業界に革命を起こした、ロレアちゃんの手腕に期待しているよ！」

「あ、流すんですね。別に良いですけど。でも、ちょっとした改善程度ですよ？　地元の食材を使えるように頑張っただけで。他の人たちにも手伝ってもらいましたし」

「そんなことないよ！　あれは革命だよ！　ロレアちゃんは業界の風雲児だよ‼」

──ヨック村の保存食界隈（かいわい）という、ちょっとばかし小さい業界だけど。

でも、採集者に好評なのは本当だし、他の町から買ってくる物だった保存食が村の中で生産されるようになり、村人の収入になっているのも本当。

十分評価に値することで、ここは頑張ってもらいたいと、謙遜するロレアちゃんをヨイショと持ち上げてみれば、ロレアちゃんは照れくさそうに笑う。

「そ、そうですか？　えへへ……解（わか）りました！　なら、頑張ってみます‼」

『ふんすっ！』と鼻息も荒く、ロレアちゃんは両手を握った。


その日の夕方、採集者から話を訊いて戻ってきたアイリスさんたちは、あまり芳（かんば）しくない表情でため息をついた。もう、訊くまでもなさそうだけど──。

「あまり情報はありませんでしたか？」

「ダメだった。アンドレたちベテランを中心に訊いてみたが、冬山での採集を経験したことがある奴（やつ）らは皆無だった」

「お金がないときは、森で採集していたみたいだけど、山までは行かなかったみたい」

「そうですか。予想はしていましたが……」

素材を売りに来る採集者がほとんどいないことを考えれば、そうだよね。

こうなると、私の持つ知識と経験で対処するしかないかなぁ？

大樹海の奥にある山と比べると、学校の実習で行った山はずっと難度の低い山だから、少し不安があるんだけど。

「まぁ待て、店長殿。私も子供の使いではない。きちんと他の情報を訊き出してきたぞ」

「ほう、それは？」

私が促せば、アイリスさんは得意げに胸を張って言葉を続けた。

「うむ。アンドレたちの先輩に当たる採集者が、引退してサウス・ストラグに居を構えているらしくてな。彼に話を訊けば、有益な情報も得られるんじゃないか？」

「――と、アンドレさんが言っていたわ」

アイリスさんが訊き出したというよりも、普通にアンドレさんの方から、『訊きに行ったらどうだ？』と教えてくれたらしい。

「ケイト、そこは割愛しても良かったのではないか？　折角の私の手柄が……」

アイリスさんが少し口を尖らせるが、ケイトさんは気にした様子もなく肩をすくめた。

「そんなものは幻想よ。報告は正確にしないと」

「だがしかし、ここは年上のお姉さんとして、ちょっとは頼りになるところを……」

「えっ？　お姉さん？」

「お姉さんだろ！　店長殿よりも、四つも年上だぞ、私！」

「………そういえば、そうでしたね」

「沈黙が長い⁉」

いや、だって、アイリスさんに〝お姉さん感〟はないもん。

年上ということは解っているけど、感覚的には一つか、二つ。

ともすれば、ちょっと手の掛かる妹みたいに感じることすら……。

ケイトさんの方は文句なくお姉さんなんだけど――いろんな意味で。ぼよん、と。

「ま、まぁ、それはともかく。サウス・ストラグであれば都合は良いですね。どちらにしろ素材を仕入れに行かないとダメですし」

「むぅ……。なら良いのだが。店長殿たちの方は？」

少しだけ不満そうに唸りながらも、アイリスさんはすぐに表情を緩めて、私とロレアちゃんの顔を交互に見た。

「いくつかは。少し甘すぎるお菓子なので、普段食べるのには向かないですが」

「私は手持ちの材料で作れる物をそれなりに。あとは素材を買ってからですが……ちなみに、その引退した採集者の名前や詳しい住所は判っていたり？」

「うっ……すまない。マーレイという名前しか……」

アイリスさんがそう言って、申し訳なさそうに目を伏せる。

アンドレさんも『サウス・ストラグに移住する』と話しているのを聞いただけで、今どこに住んでいるのか、どのような状況なのか、まったく把握していないらしい。

しかし元々根無し草が多い採集者、それも仕方ないよね。

「う～ん、お手数をかけてしまいますが、レオノーラさんに連絡して、調べられないか訊いてみましょう。ついでに、何か買い取ってもらえそうな錬成具（アーティファクト）がないかも」

この村ではまず売れない錬成具（アーティファクト）も、サウス・ストラグなら売れるかもしれないし、このまま倉庫の肥やしにするよりは、原価割れしても処分した方がまだマシというもの。

申し訳ないけれど、レオノーラさんにお願いしてみよう。

「店長殿、今回は私もついていっても良いだろうか？　できれば直接話を聞きたい」

「そうですね……今のアイリスさんなら大丈夫でしょう」

元々日帰りは難しいと思っていたので、多少時間がかかっても問題はない。

身体強化に適性があるアイリスさんなら、十分についてこられるだろう。

「では、明後日（あさって）の朝には出かけられるよう、明日は準備に充（あ）てましょう」

そんなわけで、翌日は朝からレオノーラさんと連絡を取ったり、買ってもらう錬成薬（ポーション）や錬成具（アーティファクト）の荷造りをしたり、泊まりに備えて着替えの支度をしたり。

ケイトさんとロレアちゃんも、防寒着を準備したり、保存食の増産に取り組んだり。
しばらく続いていたのんびりとは一転、パタパタと忙しく走り回る私たち。
ちょっとした面倒事ではあるけれど、これもお仕事。
収入にはなるし、新しい物を作れると思えばそれなりに楽しい。
だが、そんな私たちの準備作業は、不本意にも中断させられることになる。

——お店に訪れた、無粋な客によって。

No 012

錬金術大全：第四巻登場
作製難易度：イージー
標準価格：1,000レア～

〈完全栄養食〉

Evffl Gftffi Eftffi

日々研究に明け暮れる錬金術師の悩みと言えば——そう、食事。
料理にかける時間が勿体ないと、適当な物を齧っている人も多いことでしょう。
でもダメですよ？健康な身体があってこそ、良い研究ができるのです。
美味しい食事を作ってくれるパートナーを見つけましょう！
……え？無茶を言うな？
仕方ないですね。そんな人はこれでも食べれば良いんじゃないですか？

Episode 2

第二のお客さん

「店長を出せ！」

そんな荒々しい声と共にどやどやと入ってきたのは、柄の悪そうな男を五人ばかし引き連れた、若い男だった。

年の頃は二〇代前半、身長は低めで、横には太め。不摂生が見て取れるその体型からして、金持ちの商人か、貴族か。どちらにしても厄介事の臭いしかしない。

私がさりげなくロレアちゃんを背後に隠し、一歩前に出れば、アイリスさんとケイトさんも前に出て、私の隣に並んだ。

「私が店長ですが？」

「ほう、お前がこの店の錬金術師か。――悪くないな」

男がにちゃりと浮かべた笑みに、堪えきれない嫌悪感が湧き上がり、歪みかけた表情を努めて真顔に保つ。

「何かご用でしょうか？」

「儂はカーク準男爵だ。昨日、この店で謂れのない暴力を受けたという訴えがあった。訊けば相手には貴族もどきがいたって話ではないか。それではさすがに平民には荷が重いだろうからな。領主たる儂がわざわざ出張ってきてやったのだ」

チラリとアイリスさんに視線を向けつつ、そんなことを言う自称カーク準男爵。

貴族もどきって、もしかしてアイリスさんのこと？

下級ではあるけれど、騎士爵の息女であるアイリスさんは歴とした貴族なんだけど。

でも、普段はそれを感じさせないし、ただの破落戸がアイリスさんのことを知っているとは思えない。そして、アイリスさんとケイトさんの苦々しい表情を見るに、コレがカーク準男爵本人であることは間違いなさそう。

つまり、先日お店で暴れた客、あれは仕組まれたものだったってことかぁ……面倒な。

――まぁ、面倒なだけでそんなには困らないんだけど。

眉を吊り上げて前に出かけたアイリスさんを制し、私は口を開く。

「謂われのない？　であれば、心当たりはありませんね。お店で暴れた破落戸は叩き出しましたが、あれは正当な行為ですから」

「オイオイ、破落戸とは酷いな。可哀想な被害者だぜぇ？　被害者から訴えられたら、領主の儂としてはしっかりと裁いてやらねばな？」

ニヤニヤと笑いながら言うカーク準男爵に、私は殊更笑みを深めて言葉を返す。

「それはそれはご苦労様です。ですがご安心ください。領主様の手を煩わせることではありませんので」

「あん？」

「錬金術師のお店の中で起こったことに領法は適用されません。つまり、領主様がお心を悩ませる必要もありません」

錬金術師に適用されるのは領主が作った領法ではなく、王国法である。

これは国中に錬金術師を配置したいという国の方針から決まったもので、領主がどんなおかしな法を作ったとしても、それによって錬金術師の権利が侵されることはない。

そんなことを噛んで含めるように丁寧に説明し、更に「被害者の方には、王都にて司法当局に訴えるよう、お伝えください」と言葉を付け加えれば、カーク準男爵の顔が赤くなり、その口から「ぐぬぬ」と声が漏れる。

まぁ、訴え出るようなことはあり得ないよね。

暴力的に店から追い出された程度のことを領主があえて訴え出れば、何か裏があると喧伝するようなもの。私に何ら後ろ暗いところはないし、それで領主の方に有利な裁定を下すほど、王都の司法当局は腐っていない。

もちろん王国法に反することは許されないし、場合によっては領法よりも厳しい縛りがあるので、決して錬金術師が特権に浴しているというわけでもないんだけどね。

「しかし、その程度の訴えにわざわざ領主様が動かれるとは、随分と勤勉なんですね？

ヘル・フレイム・グリズリーの時にはお忙しかったようですが」

事後にすら何の手助けもしなかったことを揶揄すれば、後ろに控えていた男たちの内、最も体格のいい男が声を荒らげて凄む。

「テメェ！　黙って聞いてりゃ、カーク様にふざけた物言いを——！」

だがそんな男をカーク準男爵が制し、少し余裕を取り戻したように口角を上げる。

「もちろん忙しい儂が、そのためだけに来るわけがない。そっちはついでだ。税を払っていない薬草畑があると聞いたのでな。儂自ら、わざわざ確認に来てやったのだ」

その言葉に、私は思わず眉を顰めた。

ヨック村の税金については、私もエルズさんから聞いて知っている。

農業が盛んではないこの村では、農地の収量に関係なく毎年一定額が税金として徴収されている。形としては人頭税みたいなものだけど、人口の把握や管理をする手間を掛ける価値もないと、村の人数が増えても減っても、税金は変わらず。

ただその額は、ヨック村の収益からすれば大きく、この国の平均的な人頭税＋農地に掛かる税と比較してもかなり多め。

以前ならまだしも、採集者の数が減った近年では、非常に苦労して納めていたらしい。

だからこそエリンさんは、安定した収益が得られるよう、薬草畑を作ることを計画したんだろうけど……。

「バカなっ⁉　この村の農地に税は掛からないはずだ！」

無言を保つ私に代わりアイリスさんが詰め寄ったが、カーク準男爵は鼻で笑う。

「ふん。貧乏騎士爵家の田舎娘が偉そうに。領主には税を決める権限があるのだよ。まともな領地もない貧乏貴族は知らないかもしれないがなぁ？　お前はこんなところで採集者の真似事(まねごと)か？　金がないのは辛(つら)いなぁ？」

覗(のぞ)き込むようにニヤけ面(づら)を近付けるカーク準男爵に、アイリスさんが握りしめた拳を震わせるが、私は落ち着かせるように、そっとその手を取る。

実際、どのような物に税金を掛けるかは領主に決定権がある。

住人の数によって割り当てられる人頭税、商売の規模によって掛かる商業税などの一般的な物から、出産税、成人税、結婚税、死亡税など、一部の領地でしか運用されていない物まで、税の種類を決めるのは領主であり、それは重要な権利となっている。

その額も手数料程度の少額から、簡単には払えないほど高額な物まで様々。

結果、領地によっては『年寄りなのに成人してない』とか、『生まれるために本人がお金を稼ぐ』とか、『お金がないので死んでない』とか、そんな状況すらあるとかなんとか。

だから『薬草畑にも税金を掛ける』と決めたこと自体は、特に問題はない。

残念ながら自分の領地なら無茶でも通せるのが、領主だから。

——もっとも、私には関係ないんだけど。

「それはそれはご苦労様です。確かに税金を決めるのは領主のお仕事ですね」

「ほう、お前はそっちの田舎者と違って多少は知恵があるようだな。では——」

「ですが、この村に課税対象の薬草畑はありませんよ？」

カーク準男爵の言葉を遮り、私がニコリと微笑めば、彼は眉を顰めて私を睨んだ。

「あぁん？　あるだろうが、すぐ隣に。薬草畑が」

「そうだ、そうだ！　あれはどう見ても薬草畑だろうが！」

「柵で囲えばバレないとでも思ってんのか！」

カーク準男爵が顎で隣の畑の方向を示し、背後の男たちもその尻馬に乗るが、私は「ふふっ」と笑って首を振る。

「あぁ、あれは私の畑です。錬金術師の持つ畑は税金の対象になりません」

正確には、国に納めるので領主の税収にはならない、と言うべきかな？

扱いとしては、採集者が売りに来た薬草と同じ。錬成薬などに加工して販売すればそれに課税されるため、畑自体には税金が掛からないのだ。他の商売に比べると、申告作業が色々と細かくて面倒なんだけど、手厚い保護の代償と考えれば、許容範囲。

こうして、面倒な領主にも対抗できるしね？

「――まともな領地のある準男爵でも、ご存じないようですが」

「ぐぬぬ……！」

私が当て擦るように言えば、カーク準男爵は言葉に詰まり、頭に血を上らせる。

歪んだ口元と赤くなった顔で、なかなかに凶悪な表情になってるけど……アイリスさんを馬鹿にしたこと、私も怒ってるんだよね。

ロッツェ家は確かに貧乏かもしれないけど、困ったときに領民を助ける立派な貴族。

お金があるくせに、この村の危機に何もしなかったカーク準男爵なんかとは比べるべくもない――とはいえ、本格的に領主と対立するのも面倒。

あまりに相手の態度がアレなので思わず皮肉を言っちゃったけど、私たちに関わらずにいてくれればそれが一番。

――これで素直に帰ってくれないかなぁ？

という私の願いもむなしく、カーク準男爵は往生際悪く反駁した。

「そ、それで言い逃れられると思ってんのか？　あの畑を管理しているのは、この村の住人だろうが！」

「不思議なことを仰いますね。錬金術師のお店で店番を雇えば、そのお店は店番の物になると？　人を雇って働かせることなど、錬金術師として当たり前のことですよ」

「減らず口を！　この土地は俺の物だ！　お前もここの領民だろう！　つべこべ言わずに税を払え！」

「いいえ、違います。錬金術師はどこに住んでいても、王都の住民として登録されていますので、領民ではありません」

これも、王国の政策。

時間とお金を掛けて育て上げた錬金術師を、地方領主に取られることなど王国が許容できるはずもなく、基本的にすべての錬金術師は王都の住民として登録される。

税金を国に納めるようになっているのも、その関係。

例外は貴族籍を持つ人だけで、その代わりに入学時の準備金が貰えなかったり、成績優秀者でも報奨金の辞退が半ば義務になっていたりする。

もっとも、貴族籍の錬金術師でも、お店を構えたら国に税金を納める必要があるので、基本的に錬金術師は全員、国の管轄下にあると考えて差し支えない。

「カーク準男爵、ご理解頂けましたか？」

だから錬金術師に無茶は言えないよ、と丁寧に説明してあげた私に対し彼が取ったのは、残念ながら良識ある大人の行動ではなかった。

「テメェ、錬金術師だからと図に乗ってんじゃねぇぞ？　所詮、錬金術師になったばかりの若造だろうが！　平民が生意気な口を利くな！」

「む……」

カーク準男爵はドンと足を踏みならし、口汚い言葉を吐き散らす。

いや、まぁ、良識を期待するだけ無駄だとは思っていたけど。

しかし、身分を持ち出されるとちょっと弱い。

法的に保護され、社会的地位は高くても、錬金術師は貴族ではない。

師匠なんかは貴族相手でも傍若無人に振る舞っているけど、それは師匠だから。

実際に貴族と争うことになった場合、私程度の木っ端錬金術師では、国がどちらを優先するかは微妙なところ。

まともな貴族であれば錬金術師相手に無茶はしないが、残念ながらカーク準男爵がまともとは思えないし、村との関係とかも考えると……。

意地を張ったところで、知り合いが傷付けられるようなことになっては本末転倒。

業腹ではあるけれど、多少の利益を与えて解決する方法も、あるにはある。

私が『適当に薬草の束でも渡してやろうかな？』とか考えていると、後ろでケイトさんとごにょごにょ話していたアイリスさんが、余裕のある笑みを浮かべて一歩前に出た。

「カーク準男爵、店長殿を平民と言ったが、私と店長殿は既に婚約している。そして婚姻が成った際には、店長殿に家督を譲ることも考えている。つまり、店長殿は次期ロッツェ家当主。言葉には気を付けるべきだと思うが？」

「なっ⁉」

「……え？」

それは初耳である。

私も思わず声を漏らすが、幸いカーク準男爵はそのことに気付かず、大声で叫んだ。

「女同士でだと！　ふざ、ふざけるな‼」

うん、そう言いたい気持ちは理解できる。

禁止はされていなくても、一般的じゃないもんね。特に平民は超高価な錬成薬（ポーション）に頼ることもできないので、跡取りを残せない同性同士の結婚なんてまずあり得ない。

しかし、そんなカーク準男爵の叫びを聞いたケイトさんは、しめしめとばかりにニコリと笑い、こちらも一歩前に出た。

「おや、そんなことを言っても良いんですか？　……フィルムス侯爵家」

「がっ⁉　ん、んんっ！　ちょ、ちょっと喉の調子が悪いようだな！」

ケイトさんがポツリと呟（つぶや）いた名前を聞いた途端、カーク準男爵は目を見開き、一歩後退すると、わざとらしい咳払いをして視線を彷徨わせた。

「お、お前たちもおかしな聞き間違いを、吹聴したりはしないことだ！」

そして早口で、焦ったようにそんな言葉を付け加えると、素早く踵を返した。

「きょ、今日のところは失礼する！　オイ、お前ら、行くぞ！」

「「へ、へい！」」

そのあまりにも早い変わり身に、私ばかりか傍にいた柄の悪い男たちも戸惑いを顔に浮かべたが、すぐに慌てたようにカーク準男爵の後を追った。

私はその背中をやや唖然として見送り、お店の扉が閉まる音で「ふぅ」と息をついた。

「……もう、大丈夫でしょうか？」

「あ、うん、大丈夫だと思うよ。ロレアちゃん、怖かったよね」

「いいえ、皆さんが前に立ってくれましたから」

「そっか」

そうは言うけど、明らかに堅気じゃない男たちに凄まれたわけで。

怖がってないかな、と振り返ってみれば――。

「って、ロレアちゃん、その手に持っているのは？」

両手に持っているのは、私とアイリスさんの剣。頭の上にはクルミの姿。

完璧な臨戦態勢である。

「必要になるかと思って」

「そ、そっか。でもお店の中で刃傷沙汰はないと思うよ?」

なんだか後ろでゴソゴソしているとは思っていたけど、これを取りに行っていたのか。

なかなかの対応力。精神的ケアは必要なさそうだね。

「さすがはロレアだ。店長殿はともかく、私の技量で素手で戦うのは厳しいからな」

「えー、さすがに私も、あんなゴツい人たち相手に素手では――」

これでも女の子なので、あんなの相手に素手で勝てるとか、外聞が悪すぎる。

強い女剣士とかなら格好いいけど、マッチョを殴り飛ばす女の子とか、需要がニッチだよね? だから、抗議しようとしたんだけど――。

「まぁ、アイリス。ヘル・フレイム・グリズリーを蹴り殺す人が何か言ってるわ」

「ゴツい奴らだったが、あれに比べれば……」

確かにヘル・フレイム・グリズリーと比べれば、一番の巨漢でも貧弱なほど。

アイリスさんとケイトさんのもっともな指摘を受け、私は抗議の方向を軌道修正する。

「――手が汚れるじゃないですか」

「あぁ、勝つのは問題ないんですね。さすがです」

納得したように頷（うなず）くロレアちゃん。修正の方向を間違った。

そんなに暴力的な女の子じゃないと主張しようとしたのに！

殴ったりしないとか、手を汚すまでもないとか、そんな風に言うつもりだったのに！

こんな話が広まったら、恋人ができなくなるよ‼

「ち、違うからね？　私、そんな簡単に暴力を振るったりしないからね？　基本話し合いだからね？」

――犯罪者を除いて。盗賊は死すべし、慈悲はない。

「うむ、解（わか）っているとも。さすがに貴族の私兵を殺すとマズいからな！」

「わ、私だって、手加減ぐらいできます！　――ち、違った！　簡単に手を出したりなんかしません！」

「先日、破落戸（ごろつき）が店から叩（たた）き出されたと思ったのだが」

「あ、あれは、ロレアちゃんの悲鳴が聞こえたから……」

女の子に手を上げるとか、殴られても仕方ないよね？

自業自得だよね？　ノーカンだよね？

「つまり、ロレアちゃんに手を出したりしたらキレるってことじゃない。手加減だって、失敗するかもしれないし。ほら、溶岩トカゲとか」

「うっ！」

首が落ちちゃったあれかぁ……。

予想以上に剣の切れ味が良かったんだよねぇ。

つまり、素手ならそんな心配も……いや、素手はダメだよ！

のぅ！　二律背反！

「ま、私の機転で、奴らは逃げていったわけだがな！」

「……取りあえず、ありがとうございます、と言っておきます。――婚約は初耳でしたが。以前そんな話はしてましたけど、承諾した覚えはないですよ？」

ドヤ顔のアイリスさんにお礼を言いつつ、チクリと皮肉を入れれば、アイリスさんとケイトさんは顔を見合わせて、少し困ったように眉尻を下げる。

「すまない。だが、借金の肩代わりに加え、先日は遭難したところを助けてもらっただろう？　多大な手間とお金を掛けてまで」

「なのに、私たちは何も返せていない。だから奥様も『アイリスに熨斗（のし）を付けて差し出してもまだ足りない。他に渡せる物は家督ぐらいしか』と」

いや、それは渡して良い物じゃないでしょ？

貴族にとって最も大事な物じゃないですか？

——アイリスさんなら、気楽に貰えるって話でもないけど。

「本当は時期を見て話すつもりだったけど、あのクソがふざけたことばかり言うから」

「ケイトさん、言葉が汚いですよ？　理解はできますが。……私としては、アイリスさんたちがいてくれることで、結構助かっているんですけどね」

必要な素材を集めてきてもらったり、人手が必要なときに手伝ってもらったり。

防犯面でも、未成年のロレアちゃんと成人したばかりの私たちだけより、採集者である二人がいることで、少なからず良い影響があると思っている。

実際には私も戦えるし、防犯の刻印もあるから安全性は高いにしても、人数が多いことで相手が警戒し、そういう状況にならない方がよっぽど良い。

「そう言ってくれるのはありがたいが、客観的に見て判る明確な形での礼が必要なのだ」

「弱小貴族でも、恩知らずと見られるのは困るから」

「それは……なんとなく解りますけど……」

恩を返さないと見なされれば、もしものときにも助けてもらえなくなるだろうし、評判が重要な貴族社会では非常に生きづらくなる。

でも、いくらなんでも家督は重すぎる。

それだけ恩を感じてくれているのかもしれないけど……正直、ちょっと困る。

「うぅ……」

どうしたものかと戸惑う私に対し、ロレアちゃんはただ感心したように息を吐いた。

「はぁ～、サラサさん、貴族になるんですかぁ。凄い、んですよね？」

「凄いといえば、凄い、かな？　この国では、あんまり貴族が増えないから」

お金さえあれば貴族の地位が買えたりする国もあるが、この国では余程の功績を挙げなければ、貴族の末席に加わることすらできない。

だからといって戦争で武勲を立てようと思っても、平民が立てられる武勲など高が知れているし、この国はしばらく戦争をしていないので、その機会もない。

一応、抜け道的なものとしては、ロッツェ家が仕掛けられたように、借金で首が回らなくなった貴族に婿入り、嫁入りして実質的に爵位を買う方法もあるけれど、これにしたって貴族の総数が増えるわけではない。

しかし、国からすればこれも当然のこと。

領地が増えてもいないのに安易に叙爵していては、ただ国庫の負担が増すばかり。

一度貴族にしてしまえば、そう簡単に平民に落とすことはできないのだから、将来的なことを考えれば、貴族を増やすことには慎重にならざるを得ない。

「けど、貴族って楽なだけじゃないんだよ？　責任も仕事もあるからね」

まともな貴族であればなおのこと。下手をすればロッツェ家のように、領民のために多大な借金を背負うことすら起こりうる。もちろん社会的地位という、平民とは一段異なる信頼度を得られるメリットもあるわけだけど。

「継承のできない一代爵なら、多少は可能性があるんだけどな」

「本当に名誉だけ、年金すら貰えない爵位もあるから、どれほどの価値があるかは……少し微妙だけどね」

「そ、そう考えると、アイリスさんのロッツェ家って実は？」

「いや、それでもウチが下級貴族であることには、何ら違いはないぞ」

「でも、継承はできるんですよね？　そこにサラサさんが関わるのは……ロッツェ家として、それで良いんですか？」

「店長殿の人柄は信頼しているからな。さすがに店長殿が他の人と結婚して、その子供がロッツェ家を継ぐというのは困るが、私との子供であれば問題ない。婚姻や領主としての仕事が煩わしいのなら、形だけでも良い。それこそ、胤を貰うだけでも――」

「いや、それ、だけじゃないですから！　滅茶苦茶ハードルが高いですから‼」

いろんな意味で、パラダイムシフトですよ？

貴族として意に沿わぬ結婚も考えていたアイリスさんと違い、私はお母さんみたいに、いつか素敵な男性と出会って、惹かれ合って結婚をすると思ってたんだから。

……まぁ、この年になると、それがなかなか難しく、まずは損得が先に立つ結婚が多いことも理解してるけど。

愛はデザート。主食なくして愛だけあっても、溺れて死ぬだけだ。

「店長さん、どうしても無理なら、ウィステリアかカトレアの産んだ子供を養子とする方法もあるから、気楽に考えてくれて良いわよ？」

「気楽にって言われても……えっと、アイリスさんの妹でしたよね？」

「うむ！　二人ともなかなか可愛いのだ！　ウチに来たときには、是非紹介させてくれ！　きっと店長殿とも仲良くなれるぞ」

私は会ったことがないんだけど、まだ一〇歳ながらアイリスさんに似て活発なウィステリアに、その二つ下でお淑やかなカトレア。

アデルバート様の直系としてはその二人がいるので、アイリスさんと私の間に子供ができなくても、ロッツェ家の血統としては問題はないらしい。

ただ、形だけでも結婚しちゃうと、私は男性との結婚が難しくなるんだけどね！

貴族としての地位と、普通の結婚生活。

天秤に掛ければ、商人としての私は前者に傾き、女の子としての私は後者に傾く。

むむむ……揺れ動く。

「……解りました。取りあえずは吞み込んでおきます」

目に見える形での礼が必要という、ロッツェ家の面目も考えるなら強固に反対すること

は望ましくないだろうし、今すぐどうこうという話でもない。

借金の返済が進めば状況も変わると思うから、ひとまずは棚上げで良いよね？

私自身、しばらくは錬金術師として仕事に専念するつもりだし、現時点で誰か好い人が

いるわけじゃないから。

「それより、気になっているのはさっきのことです。フィルムス侯爵家、でしたか？」

「あぁ、あれ？　実はフィルムス侯爵家の現当主って、女性同士で結婚してるのよ」

「……え？」

知識としては知っていても、私は貴族社会に詳しいわけじゃないし、そういう知り合い

もいない。だから、実際に同性婚をしている貴族がいて、しかもそれが侯爵という高い地

位にいるという事実に、私とロレアちゃんは揃って目を丸くした。

「それは愛人とか、愛妾とかではなく？」

なんと言っても、事は高位貴族の閨事情。

それならばまだ理解できると尋ねてみたけれど、ケイトさんは重々しく首を振った。

「本妻。しかも、側室とかはいないらしいわ。——女当主だから、側室というのが正しいのかは判らないけど」

「貴族としては、珍しいですね」

「そうよね。貴族なら複数を娶るのが一般的なのに。同性婚の場合に何が一般的なのかは、私も知らないけどね」

「ですね。事例、少ないですよね」

　実際にどうなるかは別にして、私とアイリスさんの婚約の話が出て以降、ケイトさんはそのあたりのことについて色々調べていたらしい。

　そこで出てきたのが、襲爵してから同性婚したフィルムス侯爵。

　同性婚している人が爵位を継ぐのであればまだしも、既に襲爵している貴族ともなれば、その結婚には多くの柵や利権が絡む。

　当然、フィルムス侯爵の結婚にも多くの横槍が入り、障害が立ち塞がり——実際に結婚できるまでにはかなりの紆余曲折があったようだ。

　その結果、フィルムス侯爵は同じような境遇にある相手には同情的で、必要であれば同性カップルには支援を、邪魔や侮辱をする相手には強力な圧力を惜しまないのだとか。

「貴族の社交界ではそれなりに有名みたいね。アイツも知っていて助かったわ」

「所詮は準男爵だからな。侯爵家の当主を侮辱するようなことを言ったと耳に入れば、潰されかねない」

「アイリスだけじゃなく、女、同、士、で、あ、る、こ、と、を侮蔑するようなことを言ったからね」

「それで、『喉の調子が悪いから、はっきり発音できなかった』みたいな形に？」

そういう理由なら、なんとか誤魔化すしかなかったんだろうけど……。

ため息をつく私に、アイリスさんも苦笑する。

「強引すぎるけどな。あれだけはっきり言っておきながら」

「まぁ、第三者がいませんからね。聞き間違いと主張されると」

「はぇぇ、本当に女性同士で結婚している人がいるんですね」

少し呆れたような、戸惑うような、複雑な表情のロレアちゃんがそう言えば、ケイトさんはムフフと笑う。

「ちゃんと男性同士もいるわよ？　女性同士よりも少なめだけど」

「貴族って、凄いです……。でも、そういう方がおられるのなら、もしものときにも少し安心ですね。助けてくれそうです」

「まあな。もっとも力を借りてしまうと、私と店長殿の結婚が確定的になるのだが」

「……え？　そうなんですか？」

「だってそうだろう？　結婚したいからと助力を頼んでおきながら、実は結婚するつもりがなかったなどと、ロッツェ家が潰されかねん」

「当然そうなりますよね。一度結婚して破局するならまだしも、結婚すらしないとか」

実態はどうあれ、口先だけで侯爵家を上手く利用したと見られかねない。

そんな喧嘩を売るに等しいことをすれば、騎士爵家なんて『プチッ』だろう。

それぐらい、侯爵家と騎士爵家には力の差がある。

納得したように私が頷けば、ロレアちゃんが焦ったように首を振る。

「そ、それはダメですね。力を借りずになんとかしましょう！　頑張ってください、サラサさん、アイリスさん」

「大丈夫だよ、名前を出して牽制するだけで十分だから。……でもカーク準男爵って、もっと狡猾な人かと思ってたんですけど……なんだか底の浅い人でしたね？」

領主であれば錬金術師に関する法は知っていて当然なのに、あの体たらく。

ロッツェ家の借金の証文から窺えた狡猾さは、まったく感じられなかった。

あれでは、貴族というよりも――。

「チンピラの元締めとか、そんな感じだったな」

「あぁ！　正にそれ！」

アイリスさんの言葉に私が思わずポンと手を叩けば、ロレアちゃんもコクコクと頷く。

「それに言葉遣いも、なんだかチグハグでした」

「うん、同意。本当に貴族なのかな、あれって」

尊大なしゃべり方をしようとしていたのかもしれないけど、少し興奮するとボロが出ていたから、単なるチンピラにしか見えなかった。

地位のことを措いても、声を荒らげて凄むカーク準男爵より、何を考えているのか読めない笑みを浮かべていたフェリク殿下の方が余程怖い。

準男爵の態度は私たちを見下しているからだと思うけど、それにしたって底が知れる。

「彼は典型的な三代目なのよ、ロレアちゃん」

「三代目、ですか？」

「ええ。田舎町だったサウス・ストラグを大きく発展させたのが先々代、それを無難に運営していたのが先代、そして控えめに言っても凡愚なのが、現カーク準男爵」

「控えめに言って？　『凡愚』が？」

「そう。先代の時代、一〇年ぐらい前の話だけど、先々代の功績を称えて陞爵の話が出たんだって。でも、それを潰したのが現準男爵。その時点で後継と決まっていた彼が問題を起こし、廃嫡直前まで行ったとかなんとか。控えなければ、かなりの愚物」

「お、おぅ……」

吐き捨てるように言ったケイトさんの言葉に、私は鼻白む。

けど、その評価も仕方ないのかも。

直接顔を合わせたのは今回が初めてだけど、どう見ても直情径行。

アイリスさんみたいに根が真っ直ぐで良い人ならまだしも、そこがひん曲がっている人がそんなことしてたら……よく貴族を続けられてたよね。

足の引っ張り合いが多い貴族社会なのに。

「ま、簡単に言えば考えなしのバカで、人間のクズで、暗愚な後継者ということね。領地が接してるから付き合わざるを得ないけど、できれば関わりたくない相手よ」

ケイトさんは鼻息も荒く、本当に遠慮のなくなった言葉を吐き出し、アイリスさんもまた苦笑を浮かべて肩をすくめる。

「ではなおのこと、ロッツェ家の借金の証文が不思議ですね。実際に書面を作るのは専門家にしても、誰が絵図面を描いたのか」

私が手を出さなければ、ロッツェ家は実質的に乗っ取られていただろうし、手を出してもなお、カーク準男爵家には被害が及ばないよう、巧妙な契約になっていた。

専門家に任せれば指示した通りの証文は作ってくれるだろうけど、その専門家がまさか

『こんな風にして騙しましょう』などと、アドバイスをするとも思えない。

「誰かから入れ知恵されたのか、優秀な補佐役がいるのか……。サウス・ストラグが寂れていないことを考えると、後者かしら？」

「おそらくはそうだろうな。アイツは明らかに短絡的なバカだ。今回のことは……その補佐役に相談もせず、独断で行動したとか、そんな感じじゃないか？」

カーク準男爵の愚かな思いつきを、上手く実現する有能な補佐役の存在。

準男爵と直接対面して受けた印象からして、とてもありそうな気がする。

私たちからすれば、非常に迷惑なことに。

「そうなると少し心配ですね。私たちが長期にここを空けるのが」

数日の買い出し程度ならまだしも、ミサノンの根の採集では、どんなに短くとも一週間以上、下手をすれば一ヶ月以上に亘ってロレアちゃん一人で留守番することになる。

錬金術師のお店を襲うなんて行為は、国の政策に対して喧嘩を売るようなもの。

襲わせた本人は処罰されるし、下手をすれば家自体が取り潰しになる。

仮に隠蔽しようとしても、採集者が多くいるこの村ではほぼ不可能。

少しでも考える頭を持っていれば、実行しようなんて思わないだろうけど、あのカーク準男爵の頭に期待しても良いものか……？　万が一、ロレアちゃんが怪我をしたり、人質に取られたりするようなことがあれば、悔やんでも悔やみきれない。

「そうだな……店長殿、どうだろう？　ロレアも連れて行ったら」

「連れて行くって、冬山に、ですか？」

確かにそれなら、心配する必要はなくなるけど——。

「アイリスさん、冬山を侮ってませんか？」

「私も冬山を経験したことはないので、認識が甘いと言われてしまうとそれまでなのだが、店長殿と一緒の冬山と、ロレア一人で残るこの店、どちらが危険だろうか？」

「むぅ……」

当然ながら、襲撃さえなければお店に残る方が安全。

だけど、もし襲撃されればかなり危険。

そのリスクと、冬山で事故に遭うリスク。

どちらが高いか考えると……アレが相手だから、冬山の方が多少マシ、かなぁ？

「店長さん、本人に訊いてみたら？　ロレアちゃん自身のことなんだし」

「……それもそうですね。ロレアちゃん、どう？」

よく考えたら、ロレアちゃんが行きたくないと言えばそれまで。

もっともなご意見と、ロレアちゃんの方を見ると、その顔は予想外に輝いていた。

「私、行ってみたいですっ！」

「……え？」

てっきり、『危ないことはしたくない』と言うと思ってたのに。

「本当に？　結構危険があるよ？　冬山って寒いよ？　無理する必要はないんだよ？」

気を遣って言ってない？　と確認する私に、ロレアちゃんはしっかりと首を横に振り、私の顔を真剣な表情でじっと見る。

「私、サラサさんが来るまでは、この村で雑貨屋の店番をしながら一生を終えるんだろうな、って思ってたんです。でも、サラサさんが来てから一変しました」

そして、表情を笑みに変えて、言葉を続ける。

「このお店で働けるようになりましたし、新しいこともたくさん知ることができました。魔法も教えてもらえて、少しは使えるようにもなった。だから、もっと新しいことに挑戦したいです！」

「そうなんだ……」

本人にそう言われてしまうと、私としては否定もできない。

一応は弟子であるロレアちゃんだけど、あれこれ指図はせず、褒めて伸ばす方針だからね。やりたいことはやらせてあげたい。

「解ったよ。それじゃ、ダルナさんにも説明に行かないとね」

雑貨屋よりも危険性が少ないということで雇ったのに、危険なことをさせるんだから。

――と、思ったんだけど。

「サラサさん！」

「は、はい！」

滅多に聞かないようなロレアちゃんの強い声に、背筋が伸びる。

「私の両親に配慮してくれるのは嬉しいです。でも、あまり子供扱いしないでください！　私はもうこのお店の正式な店員なんです。……ですよね？」

断言した後、少し不安げに確認を取るロレアちゃんに、私は強く頷く。

「う、うん、もちろんだよ！」

「であれば、お店のお仕事に関して一々親に確認を取る必要はありません。親に話すとしても、それは私がするべきことです！」

そうは言っても、ロレアちゃんを雇っているのは私。

雇用主の責任として、きちんと言っておく必要があるのでは？

「……アイリスさんとケイトさんはどう思いますか？」

この場にいる大人ということで、二人の意見を訊いてみる。

「これはロレアが正しいだろうな。仕事の度に部下の親の意向など訊いていたら、何もできん。一応、ロレアはまだ未成年だから、少し微妙ではあるが……」

「就職を許可した以上、ダルナさんもそれは理解しているはずよ。家を出た後は自分で考えて生きていく。店長さんは孤児院を出た後、誰かの許可を得て進路を決めた？」

「いいえ、それはないですね」

両親と死に別れ、孤児院に入って以降はすべて自分で決めてきた。

錬金術師養成学校の入試を受けることに関しては、院長先生に相談したけど、あれは他の子たちの協力が必要という理由があったから。

それにしたって院長先生は激励するだけで、許可、不許可という話ではなかった。

そう考えると、私の方が間違っているってことか。

……うむ、私は頭の固いロートルじゃない。

他人の意見を取り入れる柔軟性は持っている。

「解りました。では今後、ロレアちゃんは大人として扱い、私からダルナさんに何か言うようなことはしません」

「サラサさん！　ありがとうございます！」

「でも！」

顔を輝かせるロレアちゃんに、私はピシリと指を突きつける。

「いきなり姿が見えなくなったら、心配させちゃうから、今回に限らず遠出する場合はロレアちゃんから伝えておくんだよ？」

「はい、それはもちろんです。ご安心ください」

「うん、お願いね。——それじゃ、アイリスさん、ちょっと邪魔が入っちゃいましたけど、明日に備えて今日は早く寝ましょうか」

しっかりと走ってもらわないと困るからね。

◇　◇　◇

サウス・ストラグの町は今日も栄えていた——アレがトップとは思えないほど。

そのことにどこか複雑そうな表情を見せるアイリスさんを連れて、レオノーラさんのお店へ向かえば、出迎えてくれたのはレオノーラさんとフィリオーネさんの二人だった。

「こんにちは、レオノーラさん。今回はお世話になります」

「いらっしゃい。よく来たわね」

「お久しぶり、サラサちゃん。それからそっちがアイリスちゃんね」

「ア、アイリスちゃん……、よ、よろしく頼む、フィリオーネ殿、レオノーラ殿」

ちゃん付けは予想外だったのか、アイリスさんが戸惑ったように目を瞬かせる。

だが、ニコニコと人の好さそうなフィリオーネさんの笑顔を見て、呼び方については何も言わず、挨拶を返した。

「直接会うのは初めてね、アイリス。色々とサラサを助けてくれているみたいね？」

「いや、助けられているのはむしろ私の方だ。それに……そのことについてはレオノーラ殿に言われることではないしな？」

「ふふふ、そう？　それじゃ、持ってきた物を見せてもらおうかな」

「はい。それじゃ――」

師匠から貰ったリュックを使って持ち込んだのは、錬成薬や比較的小さな錬成具。

それらをカウンターに並べると、レオノーラさんは一つずつ手に取ってチェック。

「ふむふむ、そうね……これぐらいでどう？」

「……レオノーラさん、ちょっと高すぎませんか？」

提示された買い取り価格は、店売り価格とほぼ同じ。これでは私から買い取った物を全て売り切ったとしても利益は僅か。売れ残ったりすれば確実に赤字になる。

だから「もっと安くても」と言う私に、レオノーラさんは困ったように苦笑した。

「今回は私が紹介したノルドが原因でしょ？　少しぐらいは支援させて。……あぁ、ノルドにはしっかりと制裁しておいたから、安心して」

そう言いながら、握った拳を振るレオノーラさん。

紹介状にあった『制裁』はやっぱり拳だったのかと、ちらりとフィリオーネさんの方に視線を向ければ、彼女は困ったように笑いながら「数発ほど、しっかりと」と頷く。

訊けばノルドさん、王都に帰る前にこのお店に寄り、『紹介してもらった上で起きたことだから』と、この前の顛末をしっかりと報告していたらしい。

そのあたりの気遣いはしているのだから、『できる大人』だよねぇ——一見すると。

いや、一部を除けば実際にそうなのが更に厄介。

迷惑なだけの人なら切り捨てられるけど、悪い人じゃないのでそれも難しい。

レオノーラさんも、そんな感じで付き合いが続いているのかも？

「……では、申し訳ないですが、この価格でお願いします」

「そうして、そうして。じゃないと、私の方が心苦しいから。アイリスも悪かったわね。結構大変だったでしょ？　アイツに付き合うのは」

「そんなことはない……と言いたいが、正直言えば大変だったな。遭難もそうだが、溶岩トカゲを何匹も生け捕りにさせられたのが、地味に辛かった」

その時のことを思い出したのか、遠い目になるアイリスさん。

私も話は聞いたけど、力業で押さえ込まされたというノルドさんの無茶振りには、思わず目頭が熱くなってしまった。他に手段がなかったとはいえ、そこで諦めることを選択せず、無理を押し通すノルドさんはなかなかに酷い。

しかし、レオノーラさんはそこまで聞いていなかったのか、眉を上げて口元を歪めた。

「そんなことまで？　――もう数発、殴っておくべきだったか」

「そうね。彼は少し自重を覚えるべきね」

微笑んではいるが、目は笑っていないフィリオーネさん。

穏やかそうに見えても、ヨク・バールの債権関連ではレオノーラさんと共にタフな交渉を熟していたらしいその実力は、伊達じゃない。

「ははは、そのあたりはお任せしますが……」

私たちがノルドさんに関わることは、もうないだろうし。

――ないよね？　きっとないよね？

……うん、警戒だけはしておこう。

幸か不幸か、フェリク殿下とも関わりができちゃったしね。

「ところで、最近、この町は特に変わりはないですか？」

「……？　そうね、これといってはないかしら。バール商会が多少、ゴタゴタしてたみたいだけど、それぐらい？　あれって、アイリスの実家がらみでしょ？」

「よく知っているな？　あまり公言はしていないのだが……」

調停を行った以上、多少の情報が流れるのは必然だが、外聞の悪い話だけにロッツェ家は口を噤むし、そもそもが無名に近い貴族なのだから情報が広まる素地もない。

カーク準男爵家としても、建前はどうあれ、調停の内容は実質的な負け。

公言したりはしないだろうにも拘わらず、それをしっかりと把握しているあたり、レオノーラさんの情報収集能力はかなり高いと言わざるを得ない。

「情報は重要だからね、こんな町で商売をやるには。元々、ヨク・バールが消されて落ち目になっていたバール商会だったけど……」

レオノーラさんの言葉を、フィリオーネさんが引き継ぐ。

「跡を継いだホウ・バールが色々と空手形を切っていたみたいなのよ。少し前にそれが不渡りになることが確実になって、かなりの利権が持っていかれたみたい」

それはあれだね。調停が成立して、アイリスさんとの婚姻の目がなくなったからだね。

たとえ弱小でも、貴族の地位があるとなしでは大きな違い。

その看板を梃子にバール商会を立て直そうとしていたんだろうけど、それに頼って無理をすれば、なくなったときに元より酷くなるのは火を見るより明らか。

「じゃあ、今、バール商会は？」

「潰れてはいないかな。小規模ながらなんとか生き残っている、って感じ。――一年前は大商会だったんだけどね～」

フィリオーネさんが「あはは」と陽気に笑い、レオノーラさんも肩をすくめる。

「サラサに手を出したのが、転落の始まりってことね」

「そうですか？　私だけだと、ちょっとだけ揺るがせる程度しかできなかったと思いますけど。突き落としたのは、お二人の功績ですよ」

私だけであれば、ヨク・バールを村から追い出すまでがやっと。

がっぽり儲けることができたのはレオノーラさんの協力あってのことだし、彼を退場させてバール商会の屋台骨をへし折ったのは二人の力。そこに私は寄与していない。

「そうね。海千山千のクソ共を相手にするには、サラサはまだまだ経験が足りないし」

「でも、私たちが突き落としたなら、水に落ちたバール商会を棒で叩いて沈めたのはアイリスちゃん？」

唐突に話を振られたアイリスさんが眉を上げ、突き出した両手のひらをふるふると振る。

「わ、私か!?　私は――というか、当家は何もできていないぞ？　まったく自慢にならないが、店長殿がすべてやってくれたからな⁉」

「つまり、止めはサラサってことか」

「止めと言うほどのことでは。アイリスさんの足に絡みついていた柵を払った程度ですよ。そこまで追い込んだお二人には敵いませんって」

「そんなことないわよー。サラサちゃんは、カーク準男爵もしっかり追い込んでるじゃない？　なかなかできないわよ、貴族相手は」

「それは私がやったというより、人を紹介しただけですから――」

などと、私たち三人がやっていると、一歩引いたアイリスさんが困ったようにポツリと言葉を漏らす。

「私からすれば、腹黒さの謙遜合戦にしか見えないのだが……」

微妙に否定しづらいアイリスさんの感想に、私たちは顔を見合わせる。

私の場合、こちらから手を出したわけじゃなく、向こうがちょっかいをかけてきたので、仕方なく応戦しただけなんだけど……傍から見たら、そう見えるのも仕方ない？

結果が出ちゃってるから。

「あら、アイリスちゃん。別に腹黒くなれとは言わないけど、もっと用心深くならないとまた騙されるわよ？　色々模索しているみたいだけどね？」

笑みを浮かべたフィリオーネさんの意味深な発言に、アイリスさんは言葉に詰まる。

「うぐ。そ、そこまで把握されているのか。やはり当家には店長殿が――」

「そ、そういえば先日、ウチのお店に乗り込んできたんですよ。件のカーク準男爵が」

既に手遅れっぽいけど、良くない方向に話が行きそうだったので、慌てて軌道修正。

レオノーラさんに訊いておきたかったことに話題を移す。

「サラサの店に？　本人が？」

意外そうに首を傾げたレオノーラさんに私は頷いて、言葉を続ける。

「はい。突然やってきて因縁をつけてきたんですけど……なんというか、チンピラでした。

ロッツェ家を罠に掛けたような狡猾さはゼロだったんですよ」

「アイツが直接……そういえば、フィー、今ってあの爺さん、いないんだっけ？」

「そうねぇ、出かけてたと思う。だからだね、それは」

何やら納得したように頷き合う、レオノーラさんとフィリオーネさん。

でも、私とアイリスさんにはさっぱり事情が解らない。

「『あの爺さん』、とは？」

「カーク準男爵の補佐役……と言うのが正しいのかはちょっと微妙なんだけど、先代から
仕えている爺さんがいるのよ」

「そのお爺さんが切れ者なんだよ。準男爵家を実質的に取り仕切っているのがそのお爺さんで、バカなカーク準男爵を適当に制御してるって感じかな？」

「それは、黒幕的な？」

「う〜ん、どっちかといえば抑制している？　カーク準男爵の言う無茶を、なんとか現実的な範囲に収めているのかな？」

「そうそう。あの爺さんがいるから、この町が栄えていると言っても過言じゃないわね」

カーク準男爵に対する、二人の評価が酷い。

でも、実際に会ってみた感じ、私も同感かも。ただそれよりも――。

「アイリスさん、知っていました？」

「いや、初耳だ。現カーク準男爵が不出来なことは知っていたが……あ、そういえば、調停に出てきたのは年配の男だったと、お父様に聞いた気がするな」

「たぶんそれね。普段はあまり表に出ないようにしているからね、あの爺さん」

「そうなんですか？」

「今回みたいに留守にしていることもあるじゃない？　お目付役のいない状況なんて、カーク準男爵の敵からすれば、絶好の機会だから」

「ちょいちょいと、煽ってあげたら、簡単にボロを出しますからねぇ、カーク準男爵だけであれば。今回のことも、一人で暴走したんでしょうねぇ」

「もしかしたら、爺さんの指示という可能性もゼロじゃないけど……」

そう言ったレオノーラさんは少しだけ考え、すぐに首を振った。

「たぶんないわね。メリットがないわ。サラサに対する勝ち筋が見えないもの」

「そんな、私を化け物みたいに……」

ちょっと不本意である。

「私なんて、可愛(かわい)くてか弱い、ただの女の子ですよ？」

「それは嘘(うそ)だ」

アイリスさんに即座に否定された。

「むぅ」

「可愛いのは否定しないが、『ただの』女の子ではないだろう？」

――む。そこを否定しないのなら、許そう。

そんな私たちの遣(や)り取りを見て、フィリオーネさんが笑う。

「そりゃ、後先を考えなければ可能よ？　でもその後、どう考えてもカーク準男爵家は潰されるわ。正当性もなく錬金術師を攻撃するだけでも致命的なのに、サラサはオフィーリア様の弟子。どうなるかぐらい、サラサなら解るんじゃない？」

「……まぁ、師匠なら遠慮しないでしょうね。しかも、準男爵家程度ともなれば」

もっと高位の貴族でも、不愉快なことを言われれば、お尻を蹴っ飛ばして店から追い出す師匠なのだ。弟子である私に何かあれば、その報復は確実に行うだろう。

嬉しいことに、それぐらいには大事にされている。

「そんなわけで、ある意味、爺さんなら心配はないけど、逆にカーク準男爵本人なら衝動的に何をするか……ちょっと注意した方が良いかもしれないわね」

「そうよねぇ。実績には事欠かないし？」

そう言って、フィリオーネさんとレオノーラさんが色々と教えてくれたんだけど……うん、とても酷い。平民が想像する『悪い貴族』を地で行っている。

「先代は良い領主だったんだけど。このままだと、この町の将来が心配よね」

「うん。なんとかできないかと、情報だけは集めてるんだけどねぇ……あ、何かの役に立つかもしれないし、サラサちゃんにもそのへんの資料、纏めて渡しておくね？」

「活用できるかは判りませんが……ありがとうございます。それから——」

引退した採集者のことを訊こうとしたその時、店の奥から一人の女性が出てきた。

「師匠、言われていたお仕事、終わりましたわ。——誰？」

年齢はケイトさんと同じぐらい、身長は私よりも少し高く、やや気の強そうなつり目で私を見ている。会うのはたぶん初めて、だよね？

「こら、挨拶ぐらいまともにしなさい。こいつはマリス。一応は私の弟子よ」

「初めまして、サラサです」

「え？　あのサラサ？　こんな子供が……？」

目を丸くしたマリスさんは私の全身を眺め、その視線を胸の位置で止めた。

かちーん。確かにちょっとだけ身長は負けてるけど、胸の方はそこまでの差は……ケ、ケイトさんほどじゃないし？

「マリス、言葉に気を付けなさい？　サラサの気分一つで、あんたは明日から娼館で客を取ることになるわよ？　あんたの借金、半分はサラサからしてるんだから」

「うぐっ！　き、気を付けますわ……ゴメンナサイ、マリスです、ヨロシクです」

マリスさんは不満を顔に浮かべつつも、そう言って頭を下げたが、その頭にレオノーラさんの拳骨がゴツンと落ち、「うぎゃっ！」と地べたに倒れ込んだ。

「態度が悪い。土下座してもいいぐらいよ？　ごめんなさい、躾が行き届いてなくて」

「借金……あぁ、例の。弟子に取ったんですね。見所があったと？」

「いや、むしろなさすぎた。普通にやれば問題なく返済できるようにしてやったのに……このままじゃ、サラサにも迷惑を掛けそうだから、仕方なく引き取ったの」

「酷いわ！　師匠‼」

「黙りなさい、この世間知らず！　最初のチェックで落第しやがって！」

「監視してれば大丈夫かと思ってたけど、それ以前の問題だったわねぇ」

レオノーラさんは頭痛を堪えるように眉間を押さえ、いつも優しげなフィリオーネさんも困り顔で眉尻を下げる。

「普通なら放り出すところなんだけど、お金を貸しているから。……マリス、ちょうど良いからサラサと一緒にミサノンの根を採ってきな。ちょっと厳しさを学びなさい」

「え？　わたくしがですの？　素材の採集は採集者の仕事ですよ？」

「甘えるんじゃない。私が若い頃は自分で採りに行くのが普通だったわよ」

レオノーラさんは呆れたようにため息をついたが、マリスさんの方も肩をすくめて、ヤレヤレとため息をついた。

「はぁ……これだから年寄りは。錬金術師は知的労働者なのよ？　考え方が古いですわ」

「……マリス？　明日からの職場は娼館ってことで良いのね？」

「稼げるお店、探しておきますねぇ。ちょーっと、身体は壊れちゃうかもしれないけど」

二人の冷たい視線にその本気度を感じたのか、たらりと汗を垂らすマリスさん。

「ガンバッテキマス。冬山……死ぬかも……」

「死なないように装備を作れ。錬金術師でしょう？」

　レオノーラさんの無慈悲な言葉にマリスさんは顔を青くするけど、私とアイリスさんも困惑気味に顔を見合わせた。

「……レオノーラ殿、連れて行くのか？　私たちが」

「こんなのでも囮ぐらいには使えると思うから、連れて行ってくれない？」

「とっても失礼ですわ！　わたくしは錬金術師養成学校を卒業したエリートなのに！　そっちのサラサと同じなのに！」

「烏滸がましい！　実質首席のサラサとギリギリ卒業したあんたを、同列に並べることが烏滸がましい！　……はぁ。こんな感じに、甘ったれなのよ。冬山の寒風に曝せば多少は引き締まる――かしら？　無理だったら、捨ててきても良いわ」

「えっと……捨てるかはともかく、解りました。マリスさん、よろしくお願いします」

　多少不得手があっても、錬金術師養成学校を卒業しているのは間違いないわけで。少なくとも邪魔にはならないだろうと、私が笑みを浮かべて手を差し出すと、マリスさんは腕を組んで胸を張り、勝ち気な笑みを浮かべた。

「ふん、足を引っ張るんじゃ――うぎゃっ！」

　が、台詞の途中でレオノーラさんの拳骨を受け、再び床に倒れ込んだのだった。

レオノーラさんの所で宿を借りた私たちは、翌朝、マーレイさんを捜してサウス・ストラグの町を歩いていた。

しかし、さすがはレオノーラさんの情報網。おおよその場所まで特定してくれていたので、付近で聞き込みをすれば、その家を見つけるのは難しいことではなかった。

「ごめんくださーい。マーレイさんはご在宅ですか～？」

小さな庭のあるこぢんまりとした一軒家。その家の扉をノックしてしばらく待つと、禿げ上がった頭と白く立派な髭を蓄えたお爺さんが顔を覗かせた。

経てきた年月は皺としてその顔に刻まれていたが、しっかりと伸びた腰と貧弱さを感じさせない身体は、採集者としての往年を感じさせる。

そんな矍鑠としたお爺さんは、突然訪問した私たちに訝しげな視線を向けた。

「なんじゃな？　お嬢ちゃんたち」

「あの、ヨック村で採集者をされていたマーレイさんでしょうか？　私、あの村で錬金術師をやっているサラサと申します。こちらは採集者のアイリスさんです」

「ほう、懐かしい村の名前が出てきたの。確かに儂はマーレイじゃ」

「そうですか！　もしよろしければ、お話をお聞かせ願いたいのですが……」

私が名乗って用件を伝えると、マーレイさんは訝しげだった表情を嬉しそうな笑みに変えて、扉を大きく開いた。

「おぉ、良いぞ、良いぞ。さあ、入りなさい」

「お邪魔します」

「お邪魔する。(――何だか、良い人っぽいな?)」

コソリと囁くアイリスさんに私も小さく首肯する。『引退した採集者』と聞いて、勝手に『偏屈なお爺さん』をイメージしていたんだけど、想像とは全然違った。

でもよく考えたら、人当たりが柔らかいのは必然なのかも?

採集者だって一人で活動するわけじゃない。他人と上手くやれないほど問題がある人なら周りの手助けも望めず、採集者の引退前に人生から引退することになる。

だからといって、一人でできる仕事ばかりで成功できるほど、採集者は甘くない。

つまり、引退後にこの町で悠々自適に生活できている時点で、まともな人物であることはほぼ確定していた、と言えるかもしれない。

「すみません。突然お伺いしてしまって」

「構わんぞい。先触れをもらうような立場じゃなし、儂も暇しているからなぁ」

マーレイさんは呵々と笑い、私たちに椅子を勧めると、自分も腰を下ろす。

「それで、何が聞きたいのじゃ？」

「ミサノンの根についてです。残念ながら村には採集経験のある人がいなくて……」

「ほうほう。この時季に来たということは、冬山に入って、ということじゃな？　それはちょいと危険じゃの。今の世代じゃと……アンドレたちはまだいるのかの？」

「はい。マーレイさんのことも彼から。私も一般的な知識はあるのですが……」

実際の現場を経験したことのある方からお話が聞きたいと付け加えれば、マーレイさんは無意識にか、髪のない頭を撫でつつ「なるほどの。彼奴らか」と頷く。

「彼奴らにも、冬山での採集は教えておらんかったのぅ。——ちょっと待っておれ」

少し席を外したマーレイさんが持ってきたのは、一枚の大きな紙だった。

「これは、儂の人生の集大成——などと言うと、言いすぎかの。まぁ、採集者時代には命の次ぐらいには大事にしていたものじゃ」

テーブルの上に広げられたのは、大樹海周辺の詳細な地図。

得られる素材、危険な箇所、魔物の種類など、かなり詳細な書き込みが多くある。

私の持つ大樹海に関する本よりも現場に即したものが多く、その価値は高い。

——あ、サラマンダーのいた山もあるね。

書き込みでは『ヘル・フレイム・グリズリーが生息』となっているけど。

「儂も引退して長い。少々情報は古いんじゃが、ある程度は使えるじゃろう。ミサノンの根が採取できるのはこの辺りじゃな。じゃが――」

マーレイさんは地図の一箇所をポンと示し、そこから指を滑らせて赤く丸で囲われたエリアをなぞる。

「問題はここじゃ。この辺りには、滑雪巨蟲（スノーグライド・センチピード）が出る」

「巨蟲（センチピード）ですか……。う～ん、それは厄介ですね」

「うむ。じゃから儂が現役だった頃も、冬場に採集に行くのは命懸けじゃった。腕っ節が強い採集者が集まった時に何度か行ったが……代償は必要じゃったな」

マーレイさんがそう言って顔を顰（しか）め、私もまた、思った以上の障害に唸（うな）ってしまう。

しかし傍（そば）で話を聞いていたアイリスさんは、疑問を顔に浮かべて首を捻（ひね）った。

「店長殿、その巨蟲（センチピード）とは？」

「アイリスさんは知りませんか？　出会う機会がなければ、そんなものでしょうか」

巨蟲（センチピード）とはその名の通り巨大な虫全般のことで、人里で見かける機会はほぼなく、大抵は人の手が入っていない森の奥などに生息する。

小さな物は人の赤ん坊程度の大きさだが、巨大な物になると家よりも大きい。

救いがあるとするなら、そのすべてが攻撃的なわけではない、ということぐらいかな？

でも、虫は虫なので、できれば会いたくない存在だよね。

「滑雪巨蟲(スノーグライド・センチピード)なら、小屋ぐらいの大きさはありますし、雪の上を滑るように移動して攻撃してくるので、なかなかに厄介です。縄張りに入らなければ襲われませんが、一度敵対するとしつこいので逃げるのは難しいそうです」

「嬢ちゃんの言う通りじゃな。儂らが遭遇した時も犠牲を出してでも斃(たお)すしかなかった」

その『犠牲』のことを思い出したのか、マーレイさんは重いため息をついた。

「……もしかして、かなり危険なのか？」

「そう言ってるじゃないですか。――まぁ、巨蟲(センチピード)自体は、サラマンダーなんかと比べれば、比較する意味もない程度の脅威ですが」

「ふむ、そう言われるとなんだか――」

「おいおい、それは比べる物じゃないじゃろう？」

少しホッとしたように表情を緩めたアイリスさんを見て、マーレイさんが呆れたように首を振るが、アイリスさんの次の言葉に、今度はマーレイさんが目を瞠(みは)った。

「いや、店長殿はサラマンダーを斃しているからな」

「なんと！　ふーむ、さすがは錬金術師じゃな。儂の知っておるのは年寄りじゃったからなぁ……心配する必要はなかったか。ならばおぬし、この地図は持って帰って良いぞ」

予想外の申し出に、私は思わずマーレイさんの顔をまじまじと見つめた。

「よろしいのですか？　大切になさっていたのでは？」

「構わん。儂の人生を費やして作り上げた物じゃが、使わん方が勿体ない。本当はアンドレたちに譲ることも考えたんじゃが……実地で教えることができんかったからのぉ」

半端に情報だけを与えてしまえば、危険性を甘く見て無茶をするかもしれない。

直接指導できなければ事故が起きかねないと、手元に残したままにしていたらしい。

「ありがとうございます、助かります。このお礼はどのように……？」

「ん？　儂にはもう必要ないぞ？　ウチの婆さんも気にするような年じゃないしな」

私の視線がチラリとそちらに向かったのを感じたのか、マーレイさんは髪のない頭部をペシンと叩いてカラカラと笑う。

「だが……そうじゃな、嬢ちゃんが必要と思う範囲で構わんから、これらの情報をあの村の採集者に教えてやってくれ。なんだかんだあって、経験の継承ができておらんからのぅ……アンドレたちがおるのじゃろ？」

「はい、ベテランとして活躍してくれています」

「ほっほっ、彼奴らがベテランのぅ……年月が経つのは早いもんじゃな」

私が頷くと、マーレイさんは楽しそうに笑い、少し眉を顰めて言葉を続ける。

「じゃが、嬢ちゃんたちが儂の所に来たということは、経験的にはまだまだ未熟なんじゃろうなぁ。儂がもう一〇歳若ければ、鍛えに行ってやるんじゃが……。嬢ちゃん、余裕があればで構わん。彼奴らもちょっとばかし鍛えてやってくれんか？」

アンドレさんたちが採集できる物が増えることは、私の利益にも繋がる。

当然、断る理由などなく、私は「解りました」と頷いたのだった。

Alchemy Item Catalog

No 013

錬金術大全：第五巻登場
作製難易度：ノーマル
標準価格：28,000レア～

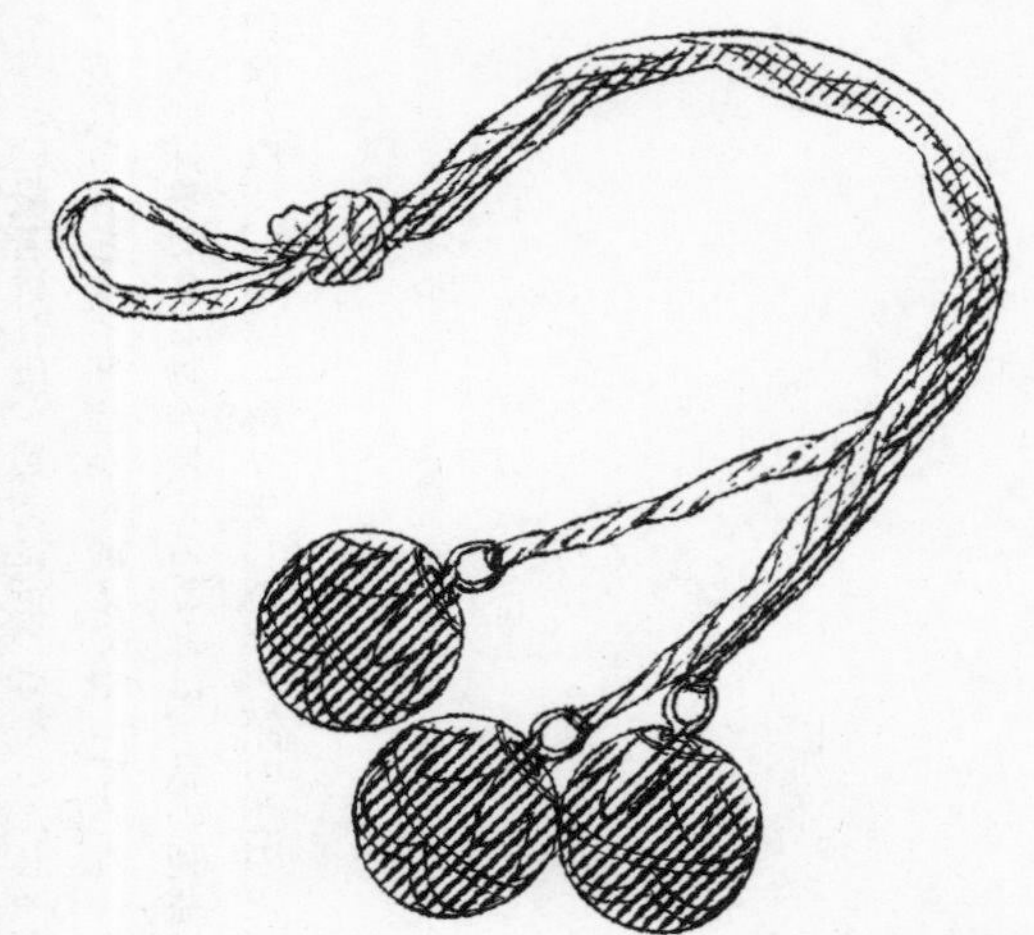

〈捕縛ロープ〉

愛しいあの子もこれがあれば簡単に捕まえることができます。
……え？捕まえるの意味が違う？
大丈夫です。高級品は捕縛対象も選べますから。
ただし、官憲の存在には気を付けましょう。
※これを使用した結果について、当方は責任を負いかねます

Episode 3

Challenging the Wintry Peaks

冬山に挑もう

マーレイさんから話を聞いて十日ほど後。

私たちは少し雪が積もった山道を登っていた。

同行者はクルミを抱えたロレアちゃん、アイリスさん、ケイトさんともう一人。

「ひぃ、ひぃ……ちょ、ちょっと、待ってくださらない⁉」

「マリスさん、頑張って！　もうちょっとで尾根を越えますよ！」

ロレアちゃんに励まされながら歩いているのは、レオノーラさんの所からやってきたマリスさん。森の中はなんとかなったけれど、山に入って以降はこの調子である。

「そこの規格外や採集者の二人はともかく、アナタ、一般人ですわよね⁉」

「確かに疲れますけど、休憩は多いので……マリスさんのおかげで」

マリスさんは横について歩いているロレアちゃんに、信じられないものを見るような目を向けているけど、ロレアちゃんって健康優良児だからね。

最近は多少は魔法も使えるようになっているし、魔力による身体強化も少しはできているような気配もある。一番年下だけど、体力のないマリスさんに合わせて休憩を入れれば、それで十分ついてこられている。

「ところで、規格外って私のことかな？　——少し休もうかと思いましたが、尾根までは

頑張りましょうか」

「ひぃ～。藪蛇（やぶへび）でしたわ！」

悲鳴を上げるマリスさんに、私はロレアちゃんが作った甘い行動食を差し出す。

「これでも食べて頑張ってください。さすがに休みすぎると、予定がずれますから」

「ありがとうですわ……ぁあ、甘くて美味（おい）しいですわ……」

涙目のマリスさんは行動食を齧（かじ）りつつ、それでも頑張って足を動かす。

残念なところはあるけれど、根性はそれなりにあるんだよね。

「サラサさんは全然大丈夫そうなのに……錬金術師でも色々なんですね」

「アナタ、これが規格外ですの。資格を取るのに全力を傾けて、錬金術師になれたら、あとはお店で待っているだけで稼げる。錬金術師はそういう職業ですの。普通、素材がないからと採りに行ったりはしませんのよ？」

まぁ、そういう錬金術師は多い。無理しなければそれなりに良い生活ができるから。

「そうなんですか？　でも、マリスさんって、稼げなくて借金してるんですよね？」

ロレアちゃんの素朴な疑問が、マリスさんに突き刺さる。

「うぐっ！　そ、それは、知的探究心の発露、というか……」

「ふむ。探究心と金勘定、両立はできなかったと」

「良い素材があれば買ってしまうのが錬金術師の性ですの！　一期一会ですの！」

「そうなの？　店長さん」

「その傾向はありますけど、普通は計画的に買いますよ？　売る予定がないのに仕入れても、錬成に失敗しても、人生終了になりますから。——マリスさんみたいに」

「うぐぐっ！　否定できませんわ⁉」

「実質二度、やってますからねぇ……そろそろ尾根を越えますよ」

「や、やっとですのね——まぁ……！」

尾根を越えた瞬間に景色は一変、深く雪の積もった斜面が現れた。

その斜面を下りきった先に聳える目的の山は、吹雪いているのか完全に白く沈み込み、そこに至るまでの困難さを暗示していた。

「す、凄いです。これが冬山……後ろとは全然違います……」

「山を越えると、こういうこともあると聞いていたけど……それでも凄いね」

登ってきた斜面は雪が七分で土が三分ぐらい。それに対して目の前の下り斜面は、木々の埋もれ具合からして、少なくとも一メートルほどは雪が積もっている。

「これなら十分にスキーが使えますね。時間節約のためにも、滑っていきましょう」

今回用意したスキー板は、携帯性優先で靴二つ分ほどの短い物だけど、これも一応は錬成具(アーティファクト)なので、後ろには滑らないという便利な機能がついている。

多少の上り坂でも雪山靴(スノーブーツ)より速く移動できるこれを、利用しない手はない。

アイリスさんたちにもスキーの使い方は軽く教えてあるので、運動神経も良い彼女たちなら、このぐらいの斜面は問題なく滑れるだろう。

「ここからはしっかりと雪山眼鏡(スノーグラス)を掛けて、日焼け止めも塗り直していきましょう」

そうやって私たちが準備していると、マリスさんが遠慮がちに声を掛けてきた。

「あのサラサさん？　わたくし、スキー板は持ってきていませんわよ？」

「え、雪山に来るのに？　確かに伝えていませんでしたが……ロレアちゃんのスキー板、マリスさんに貸しても良いかな？　ロレアちゃんは私がおんぶして滑るから」

「ちょっと不安でしたし、私は構いませんが……サラサさんは大丈夫ですか？」

「あ、いえ、わたくしは歩いて下りるので……」

「それじゃ時間がかかりますし、ロレアちゃん一人なら軽いものです。さあ、どうぞ」

遠慮しようとするマリスさんの手に、やや強引にスキー板を押し付ければ、彼女は少し困ったような表情でそれを受け取り、のろのろと足に装着する。

アイリスさんとケイトさんも……うん、準備完了だね。

「では、マリスさんから行ってください。私は最後を付いていきます」

　私がそう言って促すと、マリスさんは少し気後れしたように視線を泳がせた。

「いえ、ここはお譲り致しますわ。ほら、錬成具（アーティファクト）がきちんと機能するか不安ですし？」

　むっ。この程度の錬成を失敗すると思われているとは、心外ですよ？

「テストは済ませてますから、心配せず見本を見せてください。ほら、ドーンと」

「え、え、えーっ！　ひゃあぁぁぁぁーーーー‼」

　私が背中を押してあげると、マリスさんが歓声を上げながら滑り始めた。

　この辺りの斜面はあまり急じゃないし、ふわふわの新雪はきっと滑るだけでも気持ちいい。仕事じゃなければ、しばらく遊んでいたいところだけど……残念。

「おー、直滑降ですか。あれ、速度が出るので爽快ですが、初心者にはあまりお勧めしません。速すぎると、止まるのが難しいですからね」

「いや、いきなりあれをやろうとは思わないが……あ、転んだ」

　何かに足を取られたのか、マリスさんはバランスを崩して転倒すると、粉雪を舞い上げてしばらく転がり、突っ伏した状態で動きを止めた。

「……あれ、大丈夫かしら？」

「大丈夫ですよ、この雪なら。あ、二人は蛇行するように滑った方が良いですよ？」

「うむ、心得ている。――よっと！」

やや慎重に滑り始めたアイリスさんたちだったが、持ち前の運動神経はかなりのもの。すぐにコツを摑んだようで、その姿に危なっかしさはない。

「それじゃ、私も行こうかな。ロレアちゃん、しっかり摑まってね」

「はいっ！　――ふわぁぁぁ‼」

やや速度を付けて滑り始めた私は、すぐにアイリスさんたちを追い抜き、マリスさんの所で一度ストップ。まだ雪の上に寝転んでいる彼女に声を掛けた。

「大丈夫ですか？」

「大丈夫じゃありませんわ！　死ぬかと思いましたわ⁉」

がばりと身体を起こし、マリスさんは上目遣いで私を睨む。

「そんな大袈裟な……崖があるわけでも、カチコチの雪というわけでもないですし」

これが急斜面とか、道を外れれば崖から真っ逆さまとかであれば、さすがに私も背中を押したりはしなかっただろうけど、いうなればここは初心者コース。

余程アクロバティックなことでもしなければ、危険があるわけでもない。

「大袈裟じゃありませんわ！　わたくし、スキーができないんですのよ⁉」

「……そうだったんですか？　冬山実習でも習うのに？」

「絶対、気付いてましたわ⁉　わたくし、得意なことに全力で取り組みましたの！」

うん、実はそうかな、とは思ってた。

でも仕方ないよね？　私の錬成具を馬鹿にするようなことを言われたんだから。

そして養成学校では、錬成関連にのみ力を注いだ、と。

まぁ、私みたいに報奨金狙いじゃなければ、すべてに全力を出す必要もないからねぇ。

むしろ大半の人は、卒業に必要な講義にのみ力を入れる。確実に卒業するために。

「えっと、どうします？　一人だけ歩きます？　それとも……」

私と、私に背負われているロレアちゃんの間で視線を揺らしたマリスさんは、僅かに沈黙してから、意を決したように少しだけ恥ずかしそうに口を開いた。

「う…………れ、練習しますわ。でも、その……教えて頂けます？」

「ふぅ～。なんとか転けずに下りてこられましたわ‼」

「マリスさん、凄いです！　この短時間で滑れるようになるなんて」

ロレアちゃんに褒められて自信を取り戻したマリスさんは、ドヤ顔で胸を張る。

「当然ですわ！　わたくしはエリートですもの！」

どうこう言っても養成学校を卒業した錬金術師。得意でなかったとしても、戦闘訓練などでも及第点を取っているわけで、基本スペックは高いのだ。

「店長殿、スキーは便利だな！　あれだけの距離を、こんな短時間で」

「そうね。それに傾斜がなくても、簡単に前に進めるもの」

「後退防止機能、地味に便利ですよね？　板を前に滑らせるだけですから」

見上げれば、私たちが滑ってきた尾根が霞(かす)んで見える。

これだけの距離、雪山靴(スノーブーツ)を履いていても、歩けばどれほどの時間がかかるだろうか？

「これでも、目的地まではまだまだなんだけどね。さぁ、頑張って進みましょうか」

「あ、サラサさん、私、歩きますね。もう平地ですし」

そう言って背中から降りようとするロレアちゃんを私は制す。

「大丈夫だよ。ここでも歩くより速いから、ロレアちゃん、遅れちゃうし」

「そう、ですか？　疲れたら言ってくださいね？　いつでも歩きますから」

「う。すみませんわ。わたくしが準備不足だったばっかりに」

「私も連絡不足でしたから。――それじゃ、行きましょうか」

目を伏せたマリスさんの背中をポンと叩(たた)き、私が雪原を滑り始めれば、アイリスさん、ケイトさん、そしてマリスさんもすぐに後を追ってくる。

後退防止機能と比べれば地味だけど、摩擦も非常に少ないこのスキー板の効果はなかなかのもので、少し勢いを付ければスルスルと前に進め、距離も稼げる。

そして雪原の中程まで来た時、ロレアちゃんが遠くを指さして小さく声を上げた。

「わぁ！　見てください、兎さんがいますよ！」

その指さす方を見れば、雪の上をぴょんぴょんと跳ねる、真っ白な兎。

そこまで大きな兎ではないが、ふわふわの毛で包まれたその体は丸々としている。

「ん？　今日の夕食は兎肉のソテーか？」

アイリスさんがどこか嬉しげに応じれば、ロレアちゃんは慌てたように首を振った。

「ち、違いますよ！　真っ白ですよ？　可愛くないですか⁉」

同意を求める彼女の背後で、そっと弓を下ろすケイトさん。

うん、狩人としてその行動は間違っていない。

さすがに『可愛い！』と喜んでいるロレアちゃんの目の前で、射殺す心臓の強さは持ち合わせていなかったようだけど。

「ロレアちゃんは、白い兎を見るのは初めて？」

「はい。私が見るのは茶色とか、黒っぽいのとかです。時折、ジャスパーさんが狩ってくるので。――美味しいんですよね」

そう言って、そっと目を伏せるロレアちゃん。

可愛いは可愛いけど、お肉はお肉。そのあたりは心に棚を作るということかな？

「……狩りましょうか？」

再び出番が来たかと、弓を手に取るケイトさんと、悩むロレアちゃん。

そうして、しばらく経って出した答えは――。

「ま、任せます……。狩れたら、料理します」

「そう？　それじゃ――」

狩人ケイトさんは容赦なかった。ロレアちゃんがそっぽを向いたその一瞬で放たれた矢は、確実に兎を捕らえ、その命を刈り取る。

トサリと雪上に倒れる兎と、それを回収に向かうケイトさん。

拾い上げた兎の首を掻っ切り、その場で血抜きをすれば、白い雪原が赤に染まり、さっきまでのほのぼのが一掃された。

「恐ろしい手際ですわ……。正に狩人ですわ……」

「うぅ……」

その様子を視界の隅に捕らえて背中のロレアちゃんが呻き、私に回している腕に力が入る。そんな彼女を見て微妙な表情になったのは、戻ってきたケイトさん。

その両手には、手早く解体されて毛皮と肉に分けられた兎がぶら下がっている。

「……なんか、私が悪いことをした気分になるんだけど」

「いえ、全然悪くないですよ、ケイトさんは」

見た目はアレだけど、猟師としては正しい姿。普段から狩りをしているケイトさんと、狩ってきた物を受け取るロレアちゃんという違いだけのことだろう。

とはいえ、可愛いと見ていた動物を切り刻めというのは、ちょっと可哀想かな？

「ロレアちゃん、やりにくいなら、私が料理しようか？」

「それが良いですわ。わたくしも最初の頃は気分が悪くなりましたもの。子供にやらせることじゃないですわ。わたくしがやっても良いですわ？」

錬金術師養成学校はそのへんを乗り越えないと、一年目で落第するからねぇ。

今のロレアちゃんは、その頃の私たちより年上なわけだけど。

「うっ……いえ、私ができる仕事は料理ぐらいですから、やります。それに狩った以上は、美味しく食べるのが礼儀だと思いますから」

僅かに言葉を詰まらせたロレアちゃんは、そう言って首を振った。

それは、私が料理すると、美味しく食べられないということかな？

一応、料理はできるんだよ？　普段全然やってないけど。

——もっとも、ロレアちゃんが調理した兎肉は、とっても美味しかったんだけどね。

私たちがミサノンの生育地に辿り着いたのは、それから五日ほど後のことだった。

途中、吹雪にも遭遇したけれど、その程度は想定の範囲内。マーレイさんから聞いた目印もあるし、間違いなく目的地に到着したはず、なんだけど……。

「……店長殿、何もないのだが？」

「そうなんですよね。——先日、雪が降ったからでしょうか？」

私たちも足止めされた吹雪は、大量の雪をこの山に齎した。

結果、ミサノンの生育地であるはずのその場所に広がるのは、一面の銀世界。

地面は疎か、植物の痕跡すら見受けられないほどに深く雪が積もっている。

試しに棒を突き刺してみれば、その深さは一メートル以上。

場所は間違っていないはずだけど、軽く雪を除けて探す……というのは厳しそうだ。

「不幸中の幸い、氷になっていないのは救いでしょうか」

気温が中途半端に上がったりすると、ガチガチの氷になってしまったりするんだけど、ここしばらくはかなり寒い日々が続いてるからか、積もっているのはさらさらの粉雪。

ツルハシの準備は必要なさそうだ。

「でも、こんなに積もってると、雪を掘って探すのは難しそうよ？」

「他に方法がないならやるしかないが……店長殿、普通はどうやって探すのだ？」

「枯れた茎を目印に探します。その先端を折って臭いを嗅げば、ミサノン特有の刺激的な、ちょっとスッとするような香りがするんです。——まぁ、草丈以上に雪が積もると、ご覧の通りなのですが」

普通なら、細い棒を刺したように枯れた茎が見えているはずなんだけど、そんな物、一切なし。目の前に広がるのは、とてもなだらかで真っ白な雪原である。

積雪が多い地域では、夏場にミサノンの生えている場所を確認して、目印として長い棒を立てておくそうだけど……必要になるとは予想してなかったからねぇ。

「サラサさん、探知はできませんの？」

「え、そんな魔法、あるんですか？」

素材を見つける魔法とかあるなら、錬金術師、大歓喜、ですよ？

「いえ、わたくしは知りませんけど、サラサさんは非常識ですし？」

「なんだ、残念……。それにマリスさん、非常識とか酷いですよ。そもそも私、魔法はそんなに得意じゃありませんし」

「「それは嘘だ（です）（でしょう）」」

「えぇ！　みんな揃って⁉　嘘じゃないのに……私なんて、師匠に比べたら——」

「比較対象がおかしいですわ⁉　オフィーリア様と比べたら、大半は素人ですわ！」

「あぁ、マリスもオフィーリア様のことは知っているのか」

「当然ですわ！　傍若無人が許される実力！　史上最年少……っぽい見た目のマスタークラス！　全女性錬金術師の憧れ！　そんな方にちゃっかり弟子入りするなんて、サラサさんは刺されても文句が言えませんわ」

あぁ、年齢不詳は共通認識なんだ——ってちょっと待った！

「え、私、そんなに危険な状態⁉」

「あのオフィーリア様ですのよ？　嫉妬されて当然ですわ。全財産をなげうっても弟子入りしたいと願う錬金術師なんて、掃いて捨てるほどいますわ。あの方が弟子を取ったとの噂が流れた時は、業界でちょっとした騒ぎになりましたもの」

「そうなんだ⁉　確かに学校では、羨ましいと言う人もいたけど……」

「あそこは世間から隔絶されているから、その程度で済んだだけですわ。卒業してから弟子入りしてれば、もっと大騒ぎでしたわ。——あの方もそれを考えたのでしょうが」

そういえば、私が弟子になるきっかけのアルバイト、新入生限定だったたね。

条件がなければ、他の錬金術師が殺到するから……？

「もしかして、サラサさんって、結構危ない状況だったりしますか？」

「さすがにオフィーリア様の庇護下にあるサラサさんに直接手を出すほど、短絡的な錬金術師はいないと思いますわ……たぶん」

「たぶん⁉　え、でも、レオノーラさんとか良くしてくれてるけど……」

「あの人は理性ある懐(ふところ)の大きな大人ですもの。わたくしを受け入れてくれるほど」

「あぁ、自覚はあったのね」

ケイトさんがうんうんと頷(うなず)けば、マリスさんがむっと口元を歪(ゆが)める。

「うるさいですわ。でも、あれはどちらかといえば例外。サラサさんのお店がこんな辺境じゃなく、大きな町にあったとすれば、きっと嫌がらせぐらいはあったのですわ？」

「錬金術師も大変なんだな……って、錬金術師に限らないか」

「そうですよね、アイリスさんも苦労していますし。私みたいな平民が一番気楽です」

アイリスさんが苦笑し、ロレアちゃんが同情するような表情を浮かべているけど……ロレアちゃんはもうこっち寄りな気もするよ？

錬金術師のお店で働いて、魔法が使えるようになって。嫉妬される側だよね。

辞められたら困るので、言わないけどね？　フフ、お仲間……。

「それはともかく店長さん。便利な魔法はないってことなのね？」

「はい、探すような魔法は。雪を吹き飛ばすぐらいなら、できなくもないですが――」

「さすがサラサさんです！」

ロレアちゃんが目を輝かせるが、私は慌てて首を振る。

「いや、やらないからね？　そんなことしたら、雪崩が起きるから」

雪山での大きな音は厳禁。爆発で吹き飛ばすことはできないし、爆発を伴わない高温を使うにしても、急激に雪を溶かしたりすれば何が起きるか。

私だけならまだしも、ロレアちゃんたちがいる今の状況でそんな危険は冒せない。

いや、でも、ミサノンは臭いが強いみたいだし、探す魔法も不可能では……？

私がそこまで考えた時、ロレアちゃんの荷物がゴソゴソと動き、何かが飛び出した。

「がうっ！」

「ぬいぐるみが動きましたわ!?」

当然だけど、ぬいぐるみが動くはずはなく――。

「いや、錬金生物（ホムンクルス）のクルミですよ。私が作った。よく見れば判（わか）りますよね？」

「――本当ですわ!?　え、サラサさんの年齢で、ですの？　自作、ですの？」

クルミをじっと見つめた後、驚愕（きょうがく）したように私を見るマリスさん。

でも、錬金生物（ホムンクルス）を作ること自体はそこまで難しくは……あぁ、どちらかといえばお金の方かな？　必要な素材は結構高いから。

「幸い、素材とお金がありましたから。というか、なんだと思ってたんですか？　時々ロレアちゃんが持っているのは見てましたよね？　不思議に思いませんでした？」

魔力節約のため極力動かないようにさせてたから、ぬいぐるみに見えるのは解るけど、
疑問に思って注視すれば、錬金術師であれば気付ける、よね？　普通なら。

「全然違和感がなかったですわ。わたくし、てっきりロレアさんは、ぬいぐるみがないと夜寝られない方かと」

「私、そこまで子供じゃないですよ!?」

「大人がぬいぐるみ好きでも問題ないですわ！　……触っても？」

抗議するロレアちゃんにマリスさんは更に反論し、クルミに手を伸ばした。

「えーっと、サラサさん、構いませんか？」

困惑したようにこちらを見るロレアちゃんと、期待するように見るマリスさんに頷けば、次の瞬間にはクルミがマリスさんの手に渡っていた。

「くっ。こんな可愛い錬金生物が作れるなんて……お金、貯めないといけませんわ」

クルミをモフモフしながら、臍をかむように言葉を漏らすマリスさん。

うん、これ、下手をしたらまた借金を抱えかねないよね。

今度会ったとき、一応レオノーラさんにも伝えておこう。

「うー、がうがう！」

と、しばらく素直に撫でられていたクルミが、やや不満そうな声を漏らし、マリスさんの手の中からもそもそと抜け出すと、ぴょんと雪の上に飛び降りた。

しかし、そこはふわふわの雪。

雪山靴を履いていないクルミはそのままズボッと埋まり、姿が見えなくなる。

「あぁっ――！　サラサさん、酷いですわ！」

錬金生物は普通、術者が動かすものだから、その反応は解るけど――。

「それはどっちの意味で？　一応言っておくと、それ、クルミの自発的行動ですよ？」

私をキッと睨むマリスさんに弁明すると、マリスさんは困惑を顔に浮かべた。

「自立行動……？　そんな高度な錬金生物が――あ、助けませんと！」

マリスさんが慌てたように屈み込むが、次の瞬間、何かが雪の下を『ずもも！』と移動、盛大に雪を吹き飛ばして飛び出してきた！

「がうがうー！」

――いや、もちろんクルミだけどね？

そして、着地と同時に、再びズボッとその姿が消える。――雪山靴、必要かな？

「クルミ、遊びたかったのか？」

「さすがにそれは……いえ、よく考えたら、クルミの性格にはアイリス成分も含まれてるのよね？　あり得ないとは――」

アイリスさんの言葉に苦笑を浮かべたケイトさんだったが、途中から懐疑的な表情になり、それを見たアイリスさんが、不満そうに口をへの字に曲げた。

「いや、さすがに仕事中に遊んだりはしないぞ私は⁉」

「それはないと思いますが……」

私はクルミが埋まった穴の場所まで行き、手を突っ込んでクルミを抱き上げる。

「それで、どうしたの？」

私がそう尋ねれば、クルミは「がうがう」と最初に飛び出してきた穴を示した。

「見ろということかな？」

「えっと……あ、サラサさん、ここ、何か生えてますよ！」

「え、本当？　……あ、これって！」

ロレアちゃんに手招きされ、私たちがその穴を覗き込むと、そこには細長い棒のような物があり、先端をちぎって嗅いでみれば、特徴的な刺激臭が鼻をついた。

「これ、ミサノンですね」

「なんだと！　つまり、クルミはこの雪の下にあるミサノンを見つけられるのか⁉」

「がう！」

私の腕の中で自慢気に胸を張るクルミに、全員の視線が集まる。

「え、わたくしたちの会話を聞いて、判断しましたの？　そんなこと、あり得ますの？」

「これは私も驚きです。かなりの魔力と素材を注ぎ込んだことは確かですが……」

クルミの嗅覚であれば可能かな、とは思うけど、むしろ私としては、命じるでもなく自分で行動を起こし、ミサノンを探したことに驚いている。

時々家の中を散歩しているところを見かけるけど、基本的に錬金生物(ホムンクルス)は受動的なもの。

周囲の状況に合わせて自分で考えて行動するなんて、あまり聞いたことがない。

「クルミ、他にも見つけられるか？」

「がう！」

アイリスさんの問いに、クルミはそう応えるなり、私の腕からダイブ。

雪の中をズバババッと泳ぎ、数メートル離れた場所で再び「がうっ！」と飛び出す。

そこにケイトさんが駆け寄り、雪の中を確認する。

「店長さん、ここにも生えているわ！」

「凄(すご)いです、クルミ！　可愛いだけじゃなく、こんな能力まであるなんて！」

「がぅ～！」

今度はロレアちゃんがクルミを抱き上げて、ぎゅっと抱きしめれば、クルミは照れたように両手をパタパタ。でもね、ロレアちゃん？

可愛いのが副次的で、いろんな能力があるのが錬金生物（ホムンクルス）だからね？

——この能力は、私も予想外だったけど。

「問われたことを理解し、行動してる？　……ねぇ、サラサさん。どうすればこんな錬金生物（ホムンクルス）が作れますの？　オフィーリア様の秘伝とか、そういうものですの？」

「いえ、作り方自体は教本通りで、ごく普通ですが……。あえて言うなら、良い素材と大量の魔力、それに私たち四人の因子を混ぜたこと？」

「四人……だから、アイリスさんの話を理解する？　わたくしだったら——」

さすがは錬金術師と言うべきか、それとも残念なことにと言うべきか、マリスさんはブツブツと独り言を呟（つぶや）きながら考え込んでしまった。

いや、理解できるけどね？

これを見て何も思わない錬金術師は絶対成功しない。

探究心こそが錬金術師の本質と言っても過言ではない——と私は思ってるし。

むしろ私も、マリスさんとの錬金術談義に花を咲かせたいところだけど、そうはいかない事情があるわけで。そして、私にはそれを止めてくれる存在がいるわけで。

「えっと、マリスさん。それより今はミサノンの根の採取を優先しませんか？　ご存じと思いますが、この依頼は王族からのものなので……失敗できないんです」

「……そうですわね。ここで検証できることではありませんわね」

年下のロレアちゃんに言われては反駁もできなかったのか、マリスさんはしぶしぶと頷きつつ、私にビシリと指を突き付けた。

「でもサラサさん！　余裕ができたら、是非にでもお話を聞かせて頂きたいですわ！」

「えぇ、その際には。私も興味ありますから。――では、採取を続けましょう。幸い、クルミのおかげで見つけるのは容易になりましたが、雪の下から掘り出すのは重労働です。皆さん、ご協力、よろしくおねがいします」

◇　◇　◇

クルミの探索能力は完璧だった。

ハズレは一つもなく、私たちが探す手間はゼロ。

クルミが飛び出した場所の雪を除け、地面を掘り、ミサノンの根を掘り出す。

凍った地面を掘るのに少し手間取ったぐらいで、全員で取り組めば一日足らずで必要十分な量を確保することに成功。

そうなればいつまでも冬山に留まる理由はなく、私たちはすぐに帰途についた。

ここまでの行程は非常に順調。滑雪巨蟲の生息地を避けて移動するために道程が長くなっていることや、吹雪での足止めがあったことを踏まえても、誤差の範囲。

仮に帰り道で多少のトラブルがあったとしても、問題なく依頼は達成できる。

とはいえ、油断は禁物。最後まで気は抜けない、と思った矢先——。

「雪山の採集、大したことなかったですわ！」

暢気なことを口にしたマリスさんに、全員の視線が集中した。

「マリス……それを言うか？　言ってしまうか？」

「え、ダメでしたの？　だって、あと一つ尾根を越えれば、雪山を抜けられますわ」

不思議そうに首を傾げるマリスさんに、アイリスさんは深いため息をつく。

「そういうときに限って問題が起こるのだ。口に出すと、特にな」

「それは気のせいです。口に出したぐらいで、事象に変化は起きませんわ」

うん、それは私もそう思う。

何事もなければ記憶に残らない、それだけのこと。

でもそれを口にしたのは、結構な頻度でトラブルに見舞われているアイリスさん。

この一年だけでも、腕を失って死にかけ、サラマンダーの巣に閉じ込められ、借金の形に結婚させられそうになり——うん、かなりろくでもない目に遭ってるね。

そんな彼女の言うことだから、その言葉には一定の説得力がある。

そしてそのジンクスは、今回も有効だったらしい。

「さすがはアイリスさんです。今回も問題発生ですよ」

「え？　いやいや、まさか、そんな……なぁ？　——本当に？」

最初こそ、何を馬鹿なと笑っていたアイリスさんだったが、私が真面目な表情を崩さないことで、再度信じられないような表情で訊(き)き返した。

「はい、魔物が接近中ですね。それ以外にも……そろそろ見えるでしょうか」

「私が確認するわ」

近くの木に素早く登ったケイトさんは、私が指さす方向を見て唖然(あぜん)と口を開けた。

「……何あれ。凄く巨大な虫が……それに、採集者？　近付いてくるわ！」

「それはたぶん、滑雪巨蟲(スノーグライド・センチピード)です。アイリスさんの引きの強さはさすがですね」

時季や場所を考えると、他の巨蟲(センチピード)である可能性はかなり低い。

「これ、私の責任か!?　偶然だろう!?」

「でも、実績は十分ですよ？　大樹海初日にヘル・フレイム・グリズリー、しかも狂乱状態のものを引き当ててますし？」

「うぐっ。——いや、今回はマリスの方ということも」

「わたくし、魔物とは縁遠いですわ？　噂(うわさ)では、アイリスさんはサラマンダーも引っ掛けたと聞きましたわ？」

「そ、それはノルドの方で——」

更に言葉を重ねようとしたアイリスさんだったが、それをケイトさんが遮る。

「アイリス、今はそれどころじゃないでしょ。店長さん、逃げられるかしら？」

「本来はそこまで攻撃的じゃありませんが、周囲に採集者がいるということは攻撃した可能性が高いですね。こうなると、かなりしつこいようです」

私たちが攻撃したわけじゃないけど、区別してくれると期待するのは無理だろうね。

「なので、追いつかれないうちに逃げるか、雪洞でも掘って隠れるか……」

雪山靴(スノーブーツ)のおかげで普通に走れる私たちだけど、雪の上を滑るように移動する滑雪(スノーグライド)・巨蟲(センチピード)より速く走れるかと言われれば……私とアイリスさんなら可能かな？

でも、ロレアちゃんたちもいるんだから、そんなの無意味。

雪洞に隠れても見つかる危険性は高く、その場合は上から叩(たた)き潰されることになる。

その光景を想像したのか、アイリスさんが即座に首を振った。

「却下だな。それならば戦う方が余程良いし、できれば採集者も助けたい」

「アイリス、助けるの？ 知り合いじゃないと思うわよ？」

基本、採集者は自己責任。理想を言うなら、困っている人には手を差し伸べるべきなんだけど、危険を冒してまで見知らぬ人を助けることはあまりしない。

特にこんな雪山では、他人を助けられるほどの余裕を持っている人なんて非常に稀(まれ)。

食料なども必要量しか持っていないのが普通だし、下手に手を出したところで、二次被害が発生するだけだろう。

「そこは……店長殿もいるし、なんとかならないか？」

「言っておきますけど、私は錬金術師ですよ？ 戦うのは専門じゃないですからね？」

「いや、私なんかよりずっと強い店長殿に言われても、説得力皆無なんだが……」

こら、ロレアちゃん、深く頷(うなず)かない。

そりゃ、必要なら戦うけれども。

「できれば、アイリスさんたちに期待したいですね～。あ、来ますよ」

私が指さした直後、滑雪巨蟲(スノーグライド・センチピード)とそれに追われる人たちが姿を現す。

それを見た瞬間、ロレアちゃんが瞠目(どうもく)し、私の腕に縋(すが)り付くようにして声を上げた。

「サ、サラサさん！ あれ！ あれ、大きすぎませんか⁉」

「巨蟲(センチピード)だからね。小さかったら、ただの虫だからね。殺虫剤で一撃だからね」

その程度なら、わざわざ警告もしていない。

「いや、それにしても！　サラマンダーより大きくないか⁉」

形としては、巨大なカミキリムシだろうか。長い触角に鋭く丈夫そうな顎、体は全体的に細長く、そこから生えた六本の長い脚の先は少し平らになっている。

体色は金属光沢を伴って少し緑がかった七色に輝き、真っ白な雪原では非常に目立っていたが、まるで自分に敵などいないと主張しているようにも見える。

だがそれも当然かもしれない。

脚の一本ですら、私の身体以上の大きさがあるのだから。

「でも大丈夫です。サラマンダーほど強くないですから」

「全然安心できないわよ⁉　……これ、このまま逃げた方が良くないかしら？　追いかけられている人たちも、採集者っぽくないし」

「一〇人ほどはいるが、ヨック村で見かけた採集者はいないな……？」

ある程度顔の判別がつくようになったことで、アイリスさんも首を傾げた。

大樹海周辺にある村はヨック村だけではない。だから、他の村の採集者という可能性もあるけれど、それにしては装備にどこか違和感があった。

「……逃げます？」

「いえ、ちょっと待ってください。――あれ、サウス・ストラグの衛兵たちですわ!?」

「サウス・ストラグの衛兵……？　本当ですか？」

「おそらく間違いないですわ。多少は交流がありますもの」

マリスさんは、サウス・ストラグの住人。その言葉の信憑性は高い。

「……ますます逃げたくなったんですけど」

いや、普段なら助けるよ？

でも、つい先日、私に因縁を付けてきたのは、そこの領主なのだ。やや強引に追っ払ったら、そこの町の兵士が危険な魔物を引き連れて、私たちに向かってくる。

偶然と考えるには、できすぎだよね？

「助けてくれーーー!!」

向こうもこちらを認識したのか、なかなか必死な表情で助けを求めてくるけど――。

「……怪しいわね」

「そう、なんですか？」

「ロレアちゃん、助けを求めてくる人が善人とは限らないんだよ？」

例えば、街道で立ち往生している人がいたとして。

親切心を出して手助けしようとしたら盗賊の罠だった、なんてこともあるのだ。

自分たちで身を守れる私たちはともかく、戦えないロレアちゃんに、安易に近付かせることは到底容認できない。

「本当なら、ここから強めの魔法で、諸共攻撃するのが安全なんですが……」

「同意したいところだけど、敵味方不明の状態でさすがにそれは……」

「やっぱり？」

難色を示すケイトさんと、その横でコクコクと頷いているロレアちゃんを見ると、さすがに強行もできない。

明確に盗賊だったなら、遠慮する必要もなかったのに……ちょっと残念。

「あの、できれば助けて欲しいですわ。彼らは、真面目な衛兵ですの」

「でも、あのカーク準男爵の部下ですよ？　知ってます？　準男爵」

「うっ、そう言われると、何も言えませんわ!?」

カーク準男爵のことを知っているのだろう。

渋い顔で言葉に詰まったマリスさんだったけれど、すぐに真剣な表情で私を見つめた。

「でも、あえて言いますわ！　わたくしも協力するので、助けてくださいですわ！」

「そこまで言うのなら……見殺しは寝覚めが悪いですし」

ケイトさんとアイリスさんに目を向ければ、二人も頷く。

安全優先なら突っぱねるのも選択肢の一つだけど、ハラハラしながら見ているロレアちゃんの前では、ちょっと選びづらい……あ、一人触角に弾（はじ）き飛ばされて、雪に埋まった。

これは、あんまり余裕はなさそうだね。

「マリスさん、武器は使えますか？」

「素人（しろうと）よりはマシですわ！」

つまり、あまり使えないと。最低限でも学校の単位は取れるからねぇ。

「マリスさんはここから魔法で攻撃してください。では、やりましょう」

他三人には、指示するまでもない。

即座にケイトさんが矢をつがえ、アイリスさんが警告を発した。

「お前たち、それ以上こちらへ来るな！　左右に逃げろ！」

その言葉が終わると同時に矢が放たれる。

標的は逃げてくる不審人物たち——ではなく、滑雪巨蟲（スノーグライド・センチピード）の長い触角。

その矢は狙い違（たが）わず左の触角に突き刺さり、敵に「ギシャアアア！」と耳障（みみざわ）りな鳴き声を上げさせたが、ケイトさんはその声ではなく、結果に顔を顰（しか）めた。

「くっ、この弓でも射切れないの？」

サラマンダーとの戦いの際、弓がまったく効かなかった反省から、ケイトさんの弓は私の手によりちょっとだけ改良されて、魔力を込められるようになっている。

それにより、矢の速度は最大で二倍ぐらいになるはずなんだけど……結果はご覧の通り。

突き刺さりこそしたものの、残念ながら触角を断つには至っていない。

コストの関係で、元となっているのがケイトさんが持っていた弓、だからねぇ。

「突き抜けてはいますから、威力を上げるには矢の方を変えるべきかもしれませんね」

「うぅ、お金が、お金が……」

私の指摘に、ケイトさんが情けない表情を浮かべる。

サラマンダーに使った氷結の矢は別格としても、特殊な矢はとても高い。

使用後に回収しても、錬成具(アーティファクト)であれば当然に、単純な鍛冶技術のみで作られたものであっても、再利用するためにはメンテナンスが必要となる。

金銭的に余裕がなければ、おいそれと使用できる物じゃないんだよね。

上手(うま)く斃(たお)せたとしても、矢の代金で赤字になったら意味がないから。

「その際にはご相談に乗りますよ――っ、来ますよ！」

矢が当たった直後は触角を振り回してもだえていた滑雪巨蟲(スノーグライド・センチピード)だったが、その攻撃をした私たちを敵と見定めたのか、こちらへ向かって滑るように移動し始めた。

「次は、わたくしが行きますわ！　――『風刃(ウィンド・カッター)』‼」

私の背後から飛んだのは、マリスさんの魔法だった。

雪山ということを考慮してだろう。その魔法に派手さはなかったが、滑雪巨蟲(スノーグライド・センチピード)の左前脚を半ばから切断、その後ろの脚にも深い傷を付け、体を大きく傾けさせた。

「おぉ、さすがは錬金術師だなっ！　この調子で——」

その威力にアイリスさんが目を瞠(みは)るが、マリスさんはあっさり首を振った。

「打ち止めですわ～。今の魔法に、大半の魔力を込めましたわ」

「思い切りが良いですねっ⁉」

「言われた通りやりましたわ？　あとはお任せしましたわ～」

無責任⁉　いや、この状況なら間違っているとは言えない？

滑雪巨蟲(スノーグライド・センチピード)の厄介な点は、普通なら足を取られるような深い雪の上でも、素早く移動できる機動力と、遠くを攻撃可能な長い触角。

それらを奪うことができれば、雪山靴(スノーブーツ)がある私たちの方が確実に有利になる。

それに戦っている最中に、慣れない人が攻撃魔法を飛ばしてくるのはかなり危険。

なので、最初の一撃に賭けたマリスさんの攻撃は、非常に的を射ていると言える。

もちろん、止(とど)めを刺せるだけの戦力が他にあることが前提だけど。

「店長殿、行くぞ！」

「はい！」

その戦力である私とアイリスさんが走る。狙うは触角と脚。

まずはダメージの大きい左側と、そちらに向かえば、頭上から触角が降ってきた。

だが予備動作の大きいそれは、雪に足を取られなければ、避（よ）けることも難しくない。

先を走るアイリスさんは更に速度を上げ、斜め前方に跳ねるようにして避け、私は少し速度を落とし、目の前を通過する触角を見送る。

矢の刺さった触角が雪の中にめり込み、粉雪を白く舞い上げる。

私はその中に飛び込むようにして踏み込み、抜いていた剣を振り抜く。

感じられたのは、カツンという僅かな手応え。

それだけで私の脚よりも太い触角が半ばほどで断ちきられ、地面に倒れる。

同時に先ほどよりも大きな鳴き声が耳を打つ。

そして触角を失ったことが原因なのか、滑雪巨蟲（スノーグライド・センチピード）の体勢がぐらりと崩れた。

「さすが店長殿！」

そう賞賛を口にしたアイリスさんの動きも素早かった。

敵の動きに戸惑うこともなく動き、剣を叩（たた）きつけるように振り下ろす。

ガツン！

硬い音と共に破壊されたのは、傷付いていた二本目の脚の関節部分。

それにより脚先端のスキー板状の物が取れ、更に体勢が崩れる。

滑雪巨蟲（スノーグライド・センチピード）が柔らかい雪上でも巨体を支えられるのは、その足先があるからこそ。

つまり、脚を失って滑れなくなり、触角もなくなってしまえば、滑雪巨蟲（スノーグライド・センチピード）なんて、ただ大きいだけの虫である。

——いや、十分脅威だけどね、大っきい虫って。

「アイリスさんは、そのまま左の後ろ脚を！」

私が無事な右の触角側に走り出せば、滑雪巨蟲（スノーグライド・センチピード）は目の前にいる私の方を優先したのか、触角を振り下ろしてきた。

——さっきのことを覚えていれば、警戒すると思うんだけどね？

当然私は、その触角を避けて剣を振る。

軽い手応えと共に、再び切り落とされる触角。

返す刀で目も狙えば、滑雪巨蟲（スノーグライド・センチピード）は慄（おのの）くように頭を動かしたが、その時には既にアイリスさんの剣が振り下ろされていた。

「やあっ！」

気合い一閃（いっせん）。先ほどよりも力の入ったその攻撃は、確実に三本目の脚を切り裂いた。

完全にバランスを崩し、ゆっくりと左側へと倒れる滑雪巨蟲（スノーグライド・センチピード）。

アイリスさんが慌てて避けた所に、その巨体が倒れ込む。

バスンッ！

深い雪の所為（せい）だろうか。

その大きさから想像するよりは、遥（はる）かに軽い音と共に粉雪が舞い上がる。

こうなるとあとは半ば作業である。

バタバタと振り回される脚を避けつつ、残りの三本を切断、動けなくなったところで頭を切り落とし、巨蟲（センチピード）との初めての戦闘は終了したのだった。

「お疲れ様でした。思ったより簡単に斃せましたね。……私は見てただけですけど」

「そうよね。巨蟲（センチピード）って、もっと危険だと思ってたわ」

敵が動きを止めたのを見て、近付いてきたロレアちゃんとケイトさんがそんな感想を漏らしたが、アイリスさんが少し複雑そうな表情で、切断された頭部を示した。

「十分に危険だろう？　あの鋭い顎を見ろ。雪の上をもたもたと移動していたら、あれでガブリだぞ？　店長さんの雪山靴（スノーブーツ）のおかげで、なんとかなったが……」

「雪上で素早く動けるからこそ、危険視されている巨蟲（センチピード）ですからね、滑雪巨蟲（スノーグライド・センチピード）は。

それをなんとかできれば、そこまで怖くありません」

「なるほどね。雪山靴（スノーブーツ）を用意できなければ、彼らのようになるわけね」

ケイトさんが目を向けるのは、何処（どこ）か所在なげに私たちを見ている数人の――具体的には三人の男たち。最初に見つけた時に一〇人ほどいた彼らは、その大半が滑雪巨蟲（スノーグライド・センチピード）にやられ、雪原のあちらこちらにポッポッと転がっている。

よろよろと立ち上がっている人もいるけれど、まったく動かない人も存在する。

どう見ても救護が必要な状況だけど……。

「彼らの身元は、わたくしが保証致しますわ！」

「いや、保証されてるから、困ってるんだけど……」

胸を張ったマリスさんに視線を向ければ、彼女はハッとしたように私たちと彼らの間で視線を彷徨（さまよ）わせた。

「そうでしたわ!? マズいですわ……」

相手が採集者であれば悩まない。

自分たちが共倒れにならない範囲で手助けするだけ。

でも、敵かもしれないとなると――。

「取りあえず、話だけでも訊（き）いてみましょうか？ ……気になる臭いもしますし」

「それは……そうですわね。訊く必要はありそうですわ」

戦っている途中で気付いたその臭い。

私がそれを指摘すると、マリスさんも少し顔を顰めて、真剣な表情で頷（うなず）く。

「――そういえば、何か臭うわね。これがどうかしたの？」

「これって、虫を引き寄せる錬成薬（ポーション）なんですよ。錬金素材となる虫を集めるときなんかに使うんですが……もちろん、巨蟲（センチピード）にも効果はあります」

「え、そんな物があるの？　ちょっと使いたくないわね」

「少しなら大丈夫ですけど、大量の虫は……」

虫がワラワラと寄ってくる光景を想像したのか、ケイトさんたちが揃（そろ）って顔を顰める。

うん、私も極力使いたくないし、作っただけで厳重に封をして倉庫に保存している。

まかり間違って家でこぼしたりしたら、大惨事極まりないからね。

下手な毒薬なんかより、取り扱い注意である。

「その危険物質の存在も気になるけど、当然、それを使ったのは――」

「彼らでしょうね、残念ながら。――あなたたち！　こちらに来なさい」

「武器を置いてな。おかしな真似（まね）をすれば、これみたいになるぞ？」

マリスさんに続いてアイリスさんが声を掛け、脅すように切り落とされた滑雪（スノーグライド・）

巨蟲(センチピード)の頭部を蹴るが、彼らはまったく迷わなかった。

持っていた剣を即座にその場に落とし、二人は後方に倒れている人たちの方へ、残りの一人が両手を上げ、雪に足を取られながら近付いてきて、口を開いた。

「サウス・ストラグ第六警備小隊、隊長のマディソンだ。救助を希望する。頼む、部下たちを助けてくれ！」

「それはあなたたち次第です。カーク準男爵領の領兵が、たまたま私たちと同じ時期に冬山に入り、たまたま滑雪巨蟲(スノーグライド・センチピード)に襲われ、たまたま私たちの所に逃げてきた――なんてこと、あるはずないですよね？」

「隠し立てすれば、それだけ時間がかかる。部下が大事なら速やかに話すことだ」

こちらは雪山靴(スノーブーツ)持ち、相手は腰近くまで雪に埋まった状態。戦えば勝てるとは思うけど、彼らも本職だけに警戒を緩めず尋ねたのだが、反応は少々予想外のものだった。

「カーク準男爵に、そっちの錬金術師に滑雪巨蟲(スノーグライド・センチピード)を嗾(けしか)けることを命じられた。領主の所にいる錬金術師から虫を誘(おび)き寄せる薬を渡されてな」

本来なら絶対に隠すべき内容を、誤魔化すこともなく明確に答えた男に、アイリスさんは不審そうに眉を顰(ひそ)める。

「……随分とあっさり認めるんだな？」

「あれを苦もなく斃すお前たちと戦えば、俺たちは死ぬ。いや、戦わなくても、このままでは部下の多くが死ぬ。俺は隊長として最善を尽くす必要がある」

そう言いながらマディソンが視線を向けるのは、今まさに救助されている人たち。

怪我の程度は判らないけど、まともに歩けない人も多いようで、仮に私たちが見捨てた場合、無事に帰還できるのは極一部に止まるだろう。

「賢明ね。でもどうやって、私たちと滑雪巨蟲を戦わせるつもりだったの？　誘き寄せた後で」

「もう一つ、別の薬を渡された。あんたたちにぶっかけろと」

マディソンが取り出したのは、小さな薬瓶。

マリスさんがそれを受け取り、少しだけ蓋を開けて臭いを嗅ぐと、すぐに顔を顰めた。

「これ、巨蟲を興奮させる薬ですわ。こんなのかけられたら、危険ですわ」

領主が錬金術師を抱えているという話は聞いてないけど……もしかしてアイツかな？

サウス・ストラグで阿漕な商売をしていた彼。

店は無事に潰れたらしいから、領主の所に身を寄せているのかもしれない。

「でもこちらに投げる素振りはありませんでしたね。何故ですか？」

そうなれば負けていたとは思わないけれど、危険性は確実に上がる。

そう思って尋ねた私に、マディソンは困ったように苦笑を浮かべた。

「自分の娘ぐらいの子供を殺したいと思うか？　こんな仕事、領主の私兵が監視してなけりゃ、途中でばっくれてやったんだが……」

「えっと、あなたたちも領主の私兵、ですよね？　違うんですか？」

ロレアちゃんの当然の疑問に、彼は不本意そうに口元を曲げる。

「領主に雇われているって意味では私兵だが、俺たちを監視していたのは領主にもっと近い、汚い仕事をする子飼いの奴だ。俺たちの仕事は町の治安維持なんだ。町の見回りをして、こそ泥を捕まえたり、喧嘩を仲裁したり。領主から直接命令されることなんて、まずない。……なかったんだがなぁ」

深いため息と共に言葉を吐き出し、マディソンは同情を求めるようにこちらを見る。

「俺たちの家族はあの町にいるんだ。断ったりしたらどうなるか……解るだろ？」

「……釈然とはしませんが、理解はできます。相手は貴族で、領主ですからね」

不満そうながらも、その言葉に最初に頷いたのはロレアちゃんだった。

「貴族が全員、そうではないのだが……」

アイリスさんは複雑そうな表情だし、私も貴族の友達がいるから解るけど、真っ当な貴族も決して少なくはない――いや、むしろそちらの方が多いだろう。

しかし悲しいかな、平民に影響が大きいのは真っ当じゃない貴族の方。

総数は少なくても、その印象はどうしても強くなりがち。

而して、平民の認識としてはロレアちゃんの方が一般的となってしまうのだ。

「ちなみに、その監視していた人は？」

ペラペラ喋っちゃマズいんじゃ？　と尋ねてみれば、マディソンは微かに笑う。

「あぁ、滑雪巨蟲にちょっかいを出した時に、事故で死んだ」

「ほう、事故で」

「あぁ、事故で」

アイリスさんがちょっと眉を上げて確認すれば、マディソンは表情を変えずに頷く。

その事故が偶発的なものなのか、はたまた人為的なものなのか。

……あえて追及する必要もないか。『事故に見せかけて、殺っちゃいました！』とか、『殺れそうだったから、殺った』とか言われても、対応に困るし。

状況を考えれば、積極的に手を出してはいなくても、事故に遭った時に救助しようとしなかった、ぐらいはしてそうだよね。

「なぁ、身勝手だとは思うが、なんとか助けてもらうことはできないか？」

「それは、怪我人の救護と下山までのサポートってことですよね？　う〜ん……」

マディソンは話せることはすべて話したと助けを求めるが、私は腕を組んで唸った。

他人より家族の安全を優先すること自体は、別に非難するつもりはない。

それが犯罪であれ――今回は領主の命令なので、犯罪と言うべきかは微妙だけど――家族を守りたいという気持ちは理解できるし、優先順位があるのは仕方がない。

狙われた方としては、堪ったものじゃないけどね。

けどまぁ、私たちに被害はなかったし、そこは呑み込むとしても、他の問題があるんだよねぇ。アイリスさんとケイトさんも……困ってるね、やっぱり。

さっきまでは助けるよう主張していたマリスさんも、今は沈黙してるし。

そんな中、迷うように視線を彷徨わせたり、両手をもじもじと動かしたりしながら、私たちの顔色を窺っていたロレアちゃんが、遠慮がちに口を開いた。

「あの、なんとかしてあげられないですか？」

「んー、ロレアちゃんは優しいねぇ。殺されかけたのに」

「でも、マディソンさんたちは命令されただけで、危険も感じませんでしたから……」

同じ平民として、貴族に逆らえない彼らに同情的って感じなのかな？

まぁ、私自身、数年前までは社会の底辺に近い場所にいたわけで。

攻撃されれば容赦しないが、諸手を挙げて降伏されれば、情状酌量しようかな、と思わなくもない。ただそのためには、解決すべき問題があるわけで。

私に代わってそれを指摘したのは、アイリスさんだった。

「だがな、ロレア。たとえ未遂であっても、錬金術師を害そうとしたことはかなりの重罪だぞ？　大抵の場合で死罪になるほどに」

「そ、そうなんですか？　もちろん、罪が重いのは解りますけど……」

実際のところ、今回のことがどれぐらいの罪になるのか。

事前に行った滑雪巨蟲(スノーグライド・センチピード)に対する挑発などを差し引いて、マディソンたちの行動を客観的に表現すると、『巨蟲(センチピード)に追われて、それを他人に擦(なす)り付けた』となる。

なかなかに悪質だけど、これだけで死罪になることなど、まずない。

事件が起こった地を治めている貴族によって、多少の違いがあるけどね。

でも、相手が錬金術師となると事情が異なり、純粋な事故であっても、殺してしまえばかなりの確率で死刑。計画的に行えば、未遂であっても九分九厘死刑となる。

ただしこれは、錬金術師の特権と言うよりも、国の事情に依(よ)るところが大きい。

なんと言っても錬金術師は、国が多額のお金を掛けて育て上げた、謂(い)わば国の財産。

それを意図して傷付けようとすれば、必然的に罪も重くなる。

「ついでに言うと、これでもアイリスは貴族だからね。その影響も小さくないわ」

「そう、これでも私は――って、ケイト、『これでも』は酷くないか？」

アイリスさんが「むっ」とケイトさんに訊き返せば、ケイトさんはちょいと肩をすくめ、ため息を零すように言葉を続けた。

「じゃあ、アイリスは『私は貴族の令嬢です』って、胸を張って言える？　そうなってくれたら、私も嬉しいんだけど？」

「――うむ。これでも私は貴族だからな。処罰を受けさせるとなれば、死罪は確実。場合によっては、家族も連座させられることになる」

僅かに沈黙して、何事もなかったように言葉を続けるアイリスさん。

改善予定はないようだ。

しかし、平然とした口調とは裏腹に、その内容はなかなかにエグい。

平民が貴族を襲撃することは、それほどに罪が重いのだが、マディソンはアイリスさんのことを知らなかったのか、見る見るうちに顔からは血の気が引き、ただでさえ寒さで青白かった顔色が更に悪化して、土気色に近くなってしまっている。

「通常であれば、兵士の行ったこと――少なくとも命じられて行ったことの責任は、命令をした者に帰属するのだが……責任を取ると思うか？　カーク準男爵は」

「…………」

アイリスさんの問いに、沈黙で答えるマディソン。

責任を取るはずもないことは、彼も理解しているのだろう。

そんな殊勝な人物が暗殺みたいな手段に出るはずもない。

「くそっ！　どちらにしても俺たちは捨て駒だったのかよ‼」

マディソンが悔しそうに拳を振り下ろすが、柔らかい雪はそれを受け止めることもなく静かに舞い上がる。その手応えのなさに、彼は忌々(いまいま)しそうに脚を蹴り上げた。

「私たち全員を始末して、証拠隠滅を図るつもりだった可能性もありますけどね。そんなこと、言われませんでしたか？」

「そんな仕事なら、さすがに断る——ことはできないが、逃げる方を考えたさ。少なくとも、俺は聞いていない。死んだ子飼いの奴に関しては判らないが」

「土壇場(どたんば)で教えて、やらせるつもりだったのかもしれないわね。私たちを皆殺しにしなければ、家族も含めて処刑される、と」

「ぐぬ……」

私たちを殺すよりは逃げるというマディソンでも、家族の命を盾に取られれば、やらなかったとは言い切れないのか、苦しそうな表情になる。

そんな彼を見て、ロレアちゃんが少し不可解そうに首を捻(ひね)った。

「けど、完全に戦力不足ですよね。私たち全員が瀕死にでもなってないと、兵士の皆さんを無理に戦わせたところで意味がないというか。返り討ちですよ？」

「あー、お嬢ちゃん、これでも俺たち、多少は戦えるんだが……」

成人前の女の子に身も蓋もないことを言われ、苦しそうな顔から一転、少し情けない表情になったマディソンだったが、ロレアちゃんの結論は変わらなかった。

「でも、まともに動けませんよね？　そんな状態でケイトさんの矢を避けることなんて不可能だと思いますけど。逃げるだけなら私の脚でも逃げられますよ？」

『私の脚でも』なんて言っているロレアちゃんだけど、田舎育ちの彼女はかなりの健脚。

いくら鍛えられた男の人でも、腰まで雪に埋まった状態では、雪山靴を履いた彼女に追いつけるはずもなく、戦いに慣れたケイトさんなど言うに及ばず。

ちょっと距離を取れば一〇人や二〇人程度、ただの的だろう。

そんなことを軽く説明すれば、マディソンは疲れたように肩を落とした。

「そうだよなぁ……。きっちりと殺せるような計画を立ててくれ、なんて言うつもりはないが、杜撰だよなぁ。こんなに強いなんて、聞いてねぇよ……」

深いため息をついたマディソンは、ゆっくりと顔を上げ、一転して決意を込めた真剣な表情になって、私をじっと見つめた。

「なぁ、俺の首だけでなんとかならないか？　部下は俺の命令に従っただけだ」

「それは何とも……決めるのは私じゃありませんし」

自分の命を以て部下を守ろうとするその心意気は買うけど、この件を公にするのであれば、私は正確に報告するのみ。処罰を決めるのは王都の司法当局である。

——でも、たぶん情状酌量はしてくれないよね。

細かく調査するのは面倒だからと、実行犯を処刑して終わりとなりそうな予感。

王都の官僚にとって地方領地の平民なんて十把一絡げ。

個々の事情なんて忖度せず、流れ作業的に処理されるだろう。

「とはいえ、私としてはあなたの首を貰っても、全然嬉しくはないんですよね。メリットゼロですし。カーク準男爵本人の首を取れるなら、価値がありますけど」

「お、おぅ……嬢ちゃん、結構怖いことを言うな？」

鼻白んだように身を引くマディソンに、私は「ふふっ」と笑う。

「だって、殺されかけたんですよ？　当然の要求じゃないですか？」

正攻法で対処した私たちを、非合法な方法で処分しようなど、盗賊にも等しい。

それも半ば人質を取るような形で、逆らえない人を使って巨蟲を嗾けている。

未然に防いだとはいえ、お店でも人を暴れさせ、難癖も付けてきた。

……もう、ヤっちゃって良いんじゃないかな？

「店長さん、落ち着いて。いくらクズでも相手は貴族、手を出すと面倒になるわ」

思わず黒いものが漏れ出る私を落ち着かせるように、ケイトさんが私の肩に手を置く。

「そ、そうですよ、サラサさん。貴族相手にそんな――」

「ヤるなら、きちんと状況を整えて、問題ないようにしてからじゃないと。直接手を下すだけが方法じゃないわ」

「ケイトさん⁉」

ロレアちゃんが目を剝いたが、アイリスさんは「うむ」と頷く。

「借金では煮え湯を飲まされたからな。店長殿には多大な恩もあるし、協力できることがあればなんでもするぞ。カーク準男爵の力が落ちれば、当家としても都合が良いし」

「アイリスさんまで……そんなことして、大丈夫なんですか？」

「ロレア、思い出して欲しいのだが、私はこれでも一応貴族なのだ」

「……ぁあ、そうでしたね。さっき聞いたばかりでした」

アイリスさんと貴族がどこか繋がらないのか、改めて頷くロレアちゃん。

そんな反応に、アイリスさんは少し情けなさそうな表情になりつつ、言葉を続ける。

「当家は関わってこなかったが、貴族同士の勢力争いは常に行われているぞ？　落ち度があれば徹底的にそこを突き、落ち度がなくても揚げ足を取る。そんなものだ」

「はぁ～、嫌な所ですね、貴族社会って。良かったです、私には関わり合いがなくて」

「私、貴族……」

「……良かったです、変な貴族と関わり合いがなくて」

微妙な表情で再度指摘したアイリスさんと、ちょっぴり発言を修正するロレアちゃん。

まぁ、貴族に限らず人はそれぞれ。平民でも付き合いたくない人はいるし、貴族にも良い人はいる。その性質が周囲に与える影響が大きいのが、貴族と平民の違いかな？

それに振り回されることになったマディソンたちには、少々同情を禁じ得ない。

「あの～、そもそもサラサさんは何をしたんですの？　カーク準男爵は確かにちょっとアレですけど、一人の錬金術師を始末するために、ここまでやります？」

これまで沈黙を守っていたマリスさんから遠慮がちに尋ねられ、私は頭を捻る。

「う～ん、うちの店に難癖を付けてきたから、追い返した。それが気に障ったのかも？」

「まぁ。錬金術師のお店に難癖を付けるなんて、なってませんわね」

王国法の範囲内で活動している限り、錬金術師に手は出さない。

貴族としては当然の常識を破ったカーク準男爵に、マリスさんは眉を顰めたが、それと同時に疑問にも思ったようで、不可解そうに首を捻る。

「ですが、それだけで……？　実力行使に出るには、リスクが高すぎだと思いますけど。カーク準男爵はそこまで常識に欠けますの？」

「他にもアイリスのこととか、色々重なってたから、それもあってじゃない？」

「そうでしたっけ？　私、普通のことしかしてませんけど」

「税金の取れない薬草畑を作ったり」

「合法です」

「息の掛かった商人を破滅させたり」

「合法です」

「高利の債権を調停で解消させたり」

「合法です」

すべて合法。なんにも問題はない。

「サラサさん……それは……」

なのに何故か、マリスさんの呆れたような視線を感じたので、私は言葉を追加する。

「ちなみに、破滅させた商人はヨク・バール」

「合法ですね！　サラサさんは正しいですわ‼」

清々しいまでの手のひら返しだった。

ま、それによってマリスさんは助かったわけだしね。

「とはいえ、ある意味で彼らは、サラサさんの被害者なんですのね？」

「……いや、悪いのは、カーク準男爵だし？　私、悪いことしてないし？」

確かに私がカーク準男爵を返り討ち（？）にしなければ、マディソンたちに無茶な命令が下されることはなかったかもしれないけど、それを言われても、ねぇ？

「もちろんそうですわ。ですが、わたくしとしては顔見知りを見捨てるのは少々寝覚めが悪いですわ。なんとか、助ける方向でいけませんか？」

「う～ん、私も彼ら自身に恨みがあるわけじゃないし、反対するわけじゃないけど……マリスさんなら理解してるんじゃない？　色々と難しい問題があることを」

怪我の治療に歩けない人の運搬、必要な食料などの問題を解決しても、彼らは法的には非常に危うい立場に立っている。それを正攻法で解決するだけの力は私にはないし、彼らのために危ない橋を渡るほどの理由もない。とはいえ――。

「ま、先に治療しましょうか。話している間に手遅れになったりすると、さすがに心苦しいし、あの人たちも作業が終わったようですから」

私がマディソンの背後に視線を向けると、彼もまた後ろを振り返り、そこに集められている人たちを見て、ホッとしたように息を吐いた。

「一、二、三……全員、回収できたか」

そのうちの一人がこちらに近付いてきて、マディソンに対して敬礼する。

「隊長、全員の回収が終わりました！」

「そうか。状況は？」

「幸い、死者はいません。――あぁ、あのクソは別ですが」

少し笑みを浮かべて報告した後、吐き捨てるように付け加えられた言葉。

おそらくはその『クソ』というのが、事故に遭った領主の子飼いなのだろう。

その言葉に滲む嫌悪感からも、『クソ』の人柄が察せられる。

「クソはどうでも良い。打ち捨てておけ」

「ええ、必要な物だけ剝いで、放置してきました」

「よし、それで良い」

良い笑顔でグッと親指を立てる男と、それにニヤリと応えるマディソン。

それを見て、アイリスさんが思わずとばかりに言葉を漏らす。

「……いや、良いのか？　それで」

私もちょっと思わなくもないけど、だからといって『遺体を持ち帰ってあげましょう』と提案するほどの慈愛は持ち合わせていない。

私たちを殺しに来た人だし？

私の慈愛は、半径数メートルほどにしか注がれないのだ。心の距離的な意味でね。

「それで隊長……どうなりました？」

本来、助けてもらえるような関係でないのは理解しているのだろう。

親指を引っ込めた男が不安げに窺うのは、私たちの顔色。

「治療はしてもらえるようだ。その後は彼女たちの慈悲に縋るしかないのだが……ここで戦うよりは良いだろう？」

「もちろんです。死亡確定より、助かる見込みがあるだけで。女の子と戦うのは、ベッドの上だけで十分です。こう、突き合う感じで」

握った手を突き出してニヤッと笑い、余計な言葉を付け加える男。

だがそんな彼に、即座にマディソンの拳が入った。

「カーター！　言葉を慎め‼　こちら貴族のお嬢様だぞ」

「げふううっ‼」

身体を折って倒れ込むカーター。それを尻目に、マディソンが頭を下げる。

「教育が行き届かず、申し訳ない」

「いや、それは良いのだが……大丈夫か？」

「自分は大丈夫です！　すみません！」

状況的に文句も言い難かったのか、アイリスさんが困ったように声を掛ければ、カーター はすぐに立ち上がって頭を下げ、窺うように私に視線を向けた。

「あ、あの、では、お願いできますか？　結構ヤバいヤツもいるんで」

「解りました。でも、下品なのは控えてくださいね？」

ロレアちゃんもいるし――って、平然としてるよ⁉　……よく考えたらロレアちゃん、地味に私より耐性があるんだった。田舎って、結婚が早いもんねぇ。

しかし治療のできる私の苦言は、カーターに対して十分に効果を発揮したようで、即座に「口を慎みます！」との答えが返ってきた。

「はい、お願いしますね。怪我人は……九人ですか」

マディソンたちの部隊一二人の内、無傷だったのがマディソンを含めて三人。

自分の足で立っているのが五人で、雪の上に寝かされているのが残りの四人。

防寒用の毛皮は敷いてあるけど、山の天候は変わりやすい。急いだ方が良さそうだね。

「それじゃ、診察していきますが……怪しい動きはしないでくださいね？　か弱そうに見えるかもしれませんが、私これでもヘル・フレイム・グリズリーを蹴り殺せますから」

彼らの今後はまだ確定していないわけで、『武器を持っていない今なら斃せるかも』と診察中に暴れられたら、ちょっと困る――手加減ができないという意味で。

私も殺したいわけじゃないし、一応警告してみれば、彼らは一様に微妙な表情になった。

「(あの戦いを見て、か弱いとか思うヤツはいねぇよ……)」

「(つか、ヘル・フレイム・グリズリーを蹴り殺せるのか。とんでもねぇな)」

「(マジかよ。ほとんど化け物じゃねぇか)」

怪我人の皆さん、小声で話しても聞こえてるからね？

治療の手元が狂っても知らないからね？

「(綺麗な花には棘があるってことか)」

……まぁ、優しい私は広い心で許してあげるけど。

診察の結果、比較的軽傷だったのが、打ち身や指の骨折だけで済んでいた二人。

腕の骨折と足の骨折が三人ずついて、一番重傷だった最後の一人は、両大腿骨と片腕の骨折に加え、肋骨まで数本折れていたけど、幸いなことに死者はなし。

むむ、マディソンたちの練度って、実は意外に高いのかも？

採集者であっても、滑雪巨蟲と戦えば少なくない確率で死者が出る。

一般的な採集者のパーティーよりも人数が多く、逃げることを優先していたという違いはあれど、町中での警備を担当する部隊と考えれば、かなりの快挙だよね。

「ロイドはなんとかなりそうか？　意識もないし、かなりヤバそうだが……」

「お願いします！　助けてください！　副隊長は俺を庇って……」

一番の重傷者はロイドという名前で、この隊の副隊長だったらしい。

見るからに酷そうな箇所は足の骨折だけど、開放骨折にはなっていないし、肋骨も内臓に突き刺さっている様子はないので、すぐに命に関わることはなさそう。

聞けばこの大怪我、部下を庇って負ったもので、その時に庇われたのが、今私に対して懇願している彼。涙目で私を見るその顔は案外幼く、年齢は私と同じぐらいかな？

自分のミスで怪我させたことを気に病んでか、自身の脚も折れているのに、こちらに躙り寄ってこようとして、マディソンに「落ち着け、パトリック！」と止められている。

「大丈夫ですよ、命に別状はありません」

「そうですか！　安心しました……」

「もちろん、安静にしていれば、ですが。まずは軽傷の人から治療しましょう」

大怪我の人からという方法もあるけれど、場所が場所。

動ける人を増やさないと、天候が悪化したときに対処ができない。

「とはいえ、私の治癒魔法で快癒するのは二人だけですが」

「サラサさんほどの魔法使いでも、腕や足の骨折は治せないんですか？」

「不可能じゃないんだけど……ロレアちゃんには説明したことなかったかな？　治癒魔法は確かに怪我を癒やすことができるんだけど、同時に患者の体力も消耗させるんだよ」

これは錬成薬（ポーション）による治療でも同じだけど、一般的には魔法で治療するより錬成薬（ポーション）を使う方が体力の消耗が少なく、その品質が高ければ高いほど差も顕著となる。

また、魔法による治療にも差はあり、治療専門の魔法使いのように慣れている人が使う魔法の方が、患者に掛かる負担が少ない。

「無理をすれば、私でも腕や足の骨一本ぐらいなら治せるだろうけど……」

その場合、治療された人は体力を消耗しきって、数日ほどは昏睡（こんすい）することになる。

安全な場所ならそれでも問題ないけど、ここは冬山。下手したら凍死しかねない。

「ふむ、そうか。ちなみにマリスだと、どうなんだ？」

「そもそもわたくし、治癒魔法なんて使えませんわ！」

アイリスさんの問いかけに、きっぱりと力強く答えるマリスさん。

そんなマリスさんに、ケイトさんがジト目を向ける。

「つまり、店長さんが治療するしかないわけね。……助けたい、とか言ってたのに」

「何度も言うようですが、あれは規格外なんですのっ！　錬金術師なら魔法を何でも使えると思われたら、堪りませんの！」

「規格外扱いは気になりますが……錬金術師にとって魔法はオマケですからね」

錬金術の勉強に時間を割くため、多くの魔法を扱える人は案外少なかったりする。

「ついでに言うと、私も専門として勉強したわけじゃないから、命に別状がなければ、魔法で無理に回復させるのは避けたいかな？　後遺症が出ることもあるから」

魔法による治療とは、自己治癒力を高めて治すことに等しい。軽傷であれば気にするほどではないけれど、重傷の場合は治癒速度を五倍から一〇倍程度に抑えるのが安全。

なので、軽傷の二人を先に治療してから、骨折している人の治療に取り掛かる。

一人目は、近くにいた若者のパトリック。

ちょうど私に躙り寄ってきていたからね。

「誰か添え木を探してきてください。そっちの二人はこの人を押さえて」

「お、おう」

「わ、解った」

戸惑いつつも、最初に治した軽傷の二人が私の指示に従ったところで、折れているパトリックの脚を摑み、骨の位置を矯正する。

「ぐいっと」

「っ⁉　うぎゃぁぁぁ‼」

叫び声を上げて暴れようとするパトリックの身体を、兵士たちが慌てて押さえつける。

「男の子なんだから、我慢して」

「け、けど、い、痛い！」

そりゃ痛いよね。折れてるもんね。

「でも、暴れたらもっと痛くなるでしょ？」

先ほどまでとは別の意味でパトリックの目から涙が溢(あふ)れているけれど、そんなことを気にしていたら、無駄に時間がかかるだけ。

患者はまだまだ残っているのだから、サクサクいっちゃうよ？

「店長さんの治療は、結構、容赦がないわよね」

「丁寧な治療と、ゆっくりやるのは別ですからね。時間をかけて矯正しても、痛みが長続きするだけですから」

骨の位置を直した後は、患部に痛み止めと消炎剤を塗り、兵士たちが集めてきた枝を添え木にして包帯で固定、その上から粘度のある透明な液体をペタペタと塗る。

「サラサさん、それは？」

「これは包帯を固める液体。この上から水を掛けると、カチカチに固まるんだよ」

　とロレアちゃんに説明しながら、魔法で出した水をバシャリと掛ければ、シュワシュワと僅かに白い泡を出しながら包帯が固まっていく。普通の水でも良いけど、魔力を含む水の方がしっかりと固まるし、硬化速度も速く、手持ちの飲み水を減らさずに済む。

　最後に軽めの治癒魔法を掛けて――。

「はい、終わり。そのまま安静にしててね」

「あ、ありがとうございます」

「うん、よく頑張りました」

　私がニコリと微笑めば、青白くなっていたパトリックの顔色が少し戻り、赤みが差す。

　治療が終わって安心したのかな？

「――いや、店長殿、それは違うと思うぞ？」

「え、何がですか？」

「なんでもない。――藪蛇になりそうだし」

「……？　まぁ、いいか。それじゃ、次の人～」

　よく解らないことを言うアイリスさんに首を傾げつつ、私は次の治療に取り掛かる。

　他の兵士たちはパトリックよりも年配だからか、それとも心構えができていたからか、彼のように暴れることもなく短時間で治療は終了。

そして最後に、一番の重傷者であるロイドに取り掛かる。

意識は未だ戻らず、ゼイゼイと苦しそうな呼吸をしている。

移動させることを考えると、問題になるのはやはり肋骨だね。

あの液体を使っても、胴体の固定には限界があるし、折れた骨が内臓を傷付けてしまうと、下手をすれば命に関わる。安静にできるなら、それが一番。

でもまさか、ロイドが完治するまでこの場に留まるわけにもいかない。

「……肋骨は、ちょっと強引にでも治癒魔法で治した方が良いですね。その代わり、腕と脚には魔法を使わずにおきましょう」

魔法の影響による体力の消耗は気になるけど、肋骨が治れば呼吸も楽になるはず。

慎重に、肋骨だけに治癒魔法を掛け、腕と脚は魔法なしで治療して固定すれば、苦しそうだったロイドの呼吸が少し落ち着く。

「これで、しばらくすれば意識は戻ると思いますが、この人は特に身体を冷やさないように注意してください」

「あぁ、解った。オイ、余っている防寒具、全部持って来い」

私はマディソンたちから離れ、手を洗い清めると、身体を伸ばして一息つく。

「ふぅ……」

「サラサさん、お疲れ様でした」

「店長殿、大丈夫か？　魔力消費は」

「あぁ、魔力については大丈夫ですよ。人数は多いですが、そこまで高度な魔法を使ったわけじゃないですから」

軽めの治癒魔法と水を出す魔法を九人分。

普段の錬成作業に比べれば、魔力的にはどうということもない。

「それでも体力は使ったでしょ？　骨の矯正なんて、見ているだけでも大変そうだったもの。精神的にも疲れたんじゃない？」

「それはありますね。私も専門家というわけじゃないですし」

錬金術師は治療もできるけど、本業は錬金術——つまり、薬を作る方。

実習はしていても本物の医者に比べれば経験は浅く、慣れていない行為には気も遣う。

はっきり言うなら、普通の薬を塗って、包帯巻いて……と、ちまちまと治療するより、錬成薬（ポーション）を作ってぶっかけた方がよっぽど楽なのだ——コストさえ考えなければ。

今回使ったのは、錬成薬（ポーション）じゃない普通の薬だけど、包帯を固めるのに使ったのは錬成薬（ポーション）だし、全員分ともなると総額は決して安くはない。

でも、彼らは平民だし、たぶん払えるようなお金は持ってないよねぇ。

かといって無料というわけにもいかず、どうしたものかと、私はため息をつく。

「あの、助けたいと言ったのはわたくしですし、わたくしが出しましょうか？」

眉根を寄せる私を見て、錬成薬(ポーション)の値段を知るマリスさんがそんな提案をするけど……。

「そもそもマリスさん、お金ないじゃないですか。私たちに借金状態ですよね？」

「うぐっ！　そ、そうでしたわ！　減るどころか、増えてたんでしたわ！」

増えてたの⁉　――って、思わず胸中でそんなツッコミを入れてしまった。

そりゃ、レオノーラさんが管理下に置くはずだね。

深いため息と共に、私が額に手を当てていると、兵士たちに指示を終えたマディソンがこちらに近付いてきて、私に深く頭を下げた。

「助かった。これで全員無事に帰してやれそうだ。それで治療費なんだが……」

こういった状況での治療費というのは、なかなかに難しい。

例えば、『治療してください』とお店に来た場合は、通常の治療費を請求すれば良い。

同じパーティーの人なら、治療費なんて請求しないし、錬成薬(ポーション)を使ったとしても、そのお値段は通常通りか安いぐらいで計算し、費用を全員で折半するのが普通。

では、たまたま遭遇した人に、治療を頼まれた場合はどうなるか。

気持ち的には助けてあげたくても、下手に魔力や薬を消費して自分たちの治療ができなくなれば本末転倒。持ち歩いている薬の量は、持てる荷物の量とリスクを考えて選別したものなので、町中で薬を入手するのとは、まったく異なる価値がある。

なので、状況によっては治療を断ることもあり得るし、治療するにしても治療費、薬代共に高額で請求するのが正解——なんだけど、大抵そういう人たちって、お金を持ってないから、そんな状況になってるんだよねぇ。今回はちょっと違うけど。

「そうですね……正価を要求すると、厳しいですよね？」

「すまない。家に帰れば少しは蓄えがあるが、十分な額かと言われると……」

警備隊の隊長でも、その収入は『普通の人よりは、ちょっと多いかな？』ぐらいだと思うし、マディソンが節約家だったとしても、通常より高い治療費を払うのはたぶん無理。

そもそも現在は、彼らがサウス・ストラグに戻れるのかすら怪しい状況。

空手形に意味はないし、今の彼らから、僅かな有り金を巻き上げても仕方がない。

「——ひとまずは、滑雪巨蟲（スノークライド・センチピード）の解体と運搬を手伝ってもらいましょうか」

大きくて持ち帰りが大変な上に、あまり高価な素材じゃないけど、多少はお金になる。

私たちだけじゃなく、マディソンたちにも持たせれば、少しは利益も増えるだろう。

——それが治療費に相当するかといえば、かなり微妙だけど。

「それぐらい、喜んでやろう。『怪我人（けがにん）を捨てて素材を持て』とでも言われない限り」

「マディソン、それは店長殿に対する侮辱か？」

とても心外な言葉に私が眉を顰めると同時、アイリスさんが硬い声を発し、それを聞いたマディソンは慌てて首を振り、頭を下げた。

「いや、申し訳ない。失礼な軽口だった。だが、あのクソなら言いかねないからなぁ」

それは雪原に散った人なのか、彼らをここに送り込んだ人なのか。

どちらを指しているのかは判らないけれど、マディソンたちへのこれまでの扱いが察せられる言葉に、アイリスさんも少し表情を和らげる。

「ふむ。そういうことであれば……。だが、問題は今後どうするかだな」

私たちは揃って沈黙し、考え込むが、難しい話になることを察してか、離れていく人が二人ほど。

「わたくし、政治的お話は苦手なんですの。解体の方はわたくしが監督しておきますわ～」

「わ、私も手伝ってきますね！　勉強になるかもしれませんし！」

マリスさんとは違い、ロレアちゃんの方は本当に勉強かも？

少なくとも汚い話を聞かせるよりは良いだろうし、解体を終わらせてくれるのも助かるので、そのまま見送り、私は口を開く。

「思ったより酷い怪我人がいなかったので、移動に関しては問題なさそうですね」

「いや、自分では歩けない者もいるんだが。背負って歩くのか？」

「それに関しては、橇を作って対処します。私たちの持ってきたスキーが四対あるので」

私とマリスさんがいれば、運搬用の橇をでっち上げるぐらいは簡単なこと。

それに治癒魔法を定期的に掛ければ、ロイド以外は数日中に歩けるようになるだろう。

「問題となるのは、マディソンたちの扱いか……このまま帰すとどうなると思う？」

「良くて拘束、悪ければ口封じでしょうか。生かしておくメリットがないですから」

「嬢ちゃん、容赦ないな。否定もできないんだが……」

カーク準男爵ならやりかねないと思ってか、マディソンの肩が落ちる。

「これを奇貨として、カーク準男爵を追い落とせれば、問題は解決しますが……」

「アイリスと店長さんを襲ったことで、名分は立つかもしれないけど、厳しいわね。証言者がマディソンたちになるし、力関係でうちは負けている。オフィーリア様は？」

「……難しいと思います。そういった面で力を借りるのは」

それこそ私が殺されたとか、そのぐらいのことがない限り、師匠は動かないと思う。

「そうなると、マディソンたちを矢面に立たせるのは悪手か」

「はい。証言させたところで、実行犯——いえ、正犯として処罰されて終わりそうです」

「ちょっ！　あんたらには恩があるし、証言ぐらいはいくらでもするが、尻尾切りで俺たちだけが処罰されるのは納得できないぞ⁉」

慌てたように言葉を挟むマディソンに頷きつつ、私は言葉を続ける。

「ええ、まったく意味がありませんから、仮に証言してもらうにしても、意味のある状況を作ってからでしょうね。なので、基本的に今回の件は隠すしかないと思いますが……マディソンたち、どうしましょう？」

「結局、話はそこに戻るか。助けるなら、冬山で全滅したことにして、どこかに逃がすしかないと思うが……ケイト、どう思う？」

幼馴染みの以心伝心というものなのか、ケイトさんはそれだけでアイリスさんが何を言いたいか理解したらしく、目を丸くして考え込んだ。

「……うちで？　普通なら無理って言うしかないけど、今なら……なんとかなるかも」

「そうだよな？　マディソン、一つ提案があるんだが」

笑みを浮かべたアイリスさんの言葉に、マディソンは訝しげな表情で耳を傾けた。

アイリスさんの提案は、彼らをロッツェ家の領地に移住させるというものだった。

自分が生まれ育った町や村から一歩も出ずに一生を終える平民も多い中、移住という選択は、下手をすれば生きるか死ぬかの選択にも等しい。

だが、これを拒否すれば、本当に生きるか死ぬか——いや、ほぼ死ぬしかないという状況ではマディソンたちも受け入れるしかなく、私たちはその方向で動き始めた。

そうなると、何はなくとも必要なのは、アデルバート様の許可。

嫡子のアイリスさんでも、他貴族との紛争の種にもなりかねない重大事を当主に相談もせずに決めることはできない。

その許可を取るためにケイトさんが先行し、それに同行したのはマリスさんだった。

ケイトさん一人はさすがに危険。でも、アイリスさんを出すとこちらの戦力が低下すぎると、半ば選択肢もなく決まった人選だけど、結果的に問題はなかったらしい。

ヨック村まであと半日。

私たちがそこまで到達した頃、ケイトさんが一人戻ってきた。

「おかえり、ケイト。許可は出たか？　それと、マリスはどうした？」

「許可はバッチリ。マリスさんは、サウス・ストラグに戻ったわ。レオノーラさんに報告して、色々動いてもらうって。彼らの家族のこととか、あるでしょ？」

「あぁ、そちらもあったな。マリスだと少々不安だが、レオノーラ殿なら安心できるな」

マディソンたちがサウス・ストラグに戻れない以上、家族たちの移住を手配する——ぶっちゃけて言えば、夜逃げの手伝いは誰かがしないといけない。

それに名乗りを上げたのはマリスさんだったが、錬金術の腕は決して悪くないにしろ、信頼感という意味では非常に低い彼女の言葉。信じて良いものかと悩みもしたのだが、少なくとも私たちよりはサウス・ストラグのことに詳しいわけで。

仕方なく任せたのだが、最初からレオノーラさんに頼るつもりだったらしい。

「ではマディソン、隊員たちを纏めてくれ。移動する」

「解った。すぐに準備させる」

「店長さんたちは二人だけで大丈夫？　なんだったら、私は店長さんたちに付き合って、アイリスたちには後から合流するのでも良いと思うけど……」

ここから私たちは別行動。アイリスさんたちはロッツェ領に向かい、殿下の依頼がある私とロレアちゃんは、二人でヨック村へ帰ることになっている。

そのことが心配なのか、ケイトさんが不安そうに私を見るが、私は笑顔で胸を叩く。

「大丈夫ですよ、素材の量もだいぶ減りましたし」

ここまでの道中、暇な時間を見つけて処理していたおかげで、不要部分は廃棄済み。

普通に保存できる素材は、マディソンたちに持たせてロッツェ家で保管をお願いし、私とロレアちゃんが持ち帰るのは、工房がなければ処理の難しい一部の素材のみ。

決して少ないとは言えない量だけど、村まで半日程度なら二人でなんとか運べる。

だから問題ないよ、と私が伝えれば、アイリスさんたちは顔を見合わせた。

「いや、私たちが気にしているのは、カーク準男爵に関してなんだが……」

「そっちも大丈夫。私だって多少は戦えますから。あの時の破落戸程度なら問題ありません。腕利きの破落戸なんて、そうそう都合良くいないと思いますし」

王都ならまだしも、サウス・ストラグも所詮は地方都市。

腕利きがふらりと現れ、それをカーク準男爵が雇えたなんて偶然、たぶんない。

ない、よね……？

「いえ、油断はダメですね。強い人も確実に斃せるような錬成具の準備を——」

『攻撃用は何があったかな？』と思考する私を遮るように、アイリスさんが声を上げた。

「いやいやいや！　店長殿に勝てる人物がフラフラしているほど、この国は殺伐としていないぞ？　負けるとかそういうことは考えていない。そうじゃなく、どちらかといえば店長殿がキレてしまう方を心配しているんだ。カーク準男爵にな」

「キレる？　温厚なこの私が？　私はかなり心が広いですよ？」

ちょっとやそっとじゃ怒らないぐらいにね？

しかしそんな私の自己評価は、あまり賛同を得られなかったらしい。

「（おい、温厚だってよ）」

「（あの子、魔物が出てきた瞬間に首を落としていたよな？）」

「（あぁ、俺たちが武器を構える暇すらなかったな）」

「（俺、温厚って言葉の意味、間違えて覚えていたのか？）」

むぅ。怪我人に配慮してのことだったのに。

日数が経過するにつれて彼らの怪我も癒え、今では重傷だったロイド以外、自分の足で歩けるようになっている。それでも十全に戦えるのは、未だ半数ほど。

乱戦になったら危ないと、手早く処理することに腐心したのだ、私は。

なのにこの評価。でも私は怒らない。

温厚だからね！

「私も店長殿が温厚で優しいことは知っている」

そうでしょう？

さすがはアイリスさん。正当な評価、ありがとう！

「――だが、時に容赦ないだろう？」

「そうよね。例えば、戻ったらお店が壊されていたとか、そんな事態になってたら？」

「ぶち切れて、勢い余ってカーク準男爵を殺してしまったりしないか？」

頑張って庭を整備し、塀を作り直し、外壁や屋根を修理し、オシャレな看板を設置して、お気に入りの内装に整えた、私の素敵なお店。

村に戻ると、そのお店が破壊されている――そんな光景を想像。

「…………大丈夫ですよ、たぶん」

「ずいぶん迷ったな⁉」

「お、落ち着いてね？　店長さん」

「落ち着いてますよー、やだなぁ、ハハハ」

「いえ、サラサさん。なんかすっごい、冷たいものを感じましたよ？」

おっと。『破壊されたお店の前に転がる、動きを止めたカーク準男爵』。

そこまで想像しちゃったのが、漏れちゃったのかもしれない。

「本当に頼むぞ？　店長殿は平民なんだ。貴族を手に掛けると、面倒なことになる」

いや、だって、いくら格安物件とはいえ、あのお店は私の大事なお城。

それに手を出す愚か者とか、生きている価値なんてないよね？

盗賊に等しいよね？

死んで詫びるべきだよね？

そんな私の心情を表情から読み取ったのか、ケイトさんがため息をついた。

「これは名目上でも、アイリスと婚姻を結んでおくべきかしら？　それなら一応は貴族扱いとなるわけだし」

「うっ……だ、大丈夫です。自重します」

一瞬、『その方が安心かも？』とか思ってしまった。

さすがに平民が貴族を殺してしまうと、こちらに道理があっても確実に処刑される。

これは、多少の後ろ盾や人脈程度で覆せるものではない。

でも貴族同士なら、爵位に差があったとしても、まったく事情が変わる。

〝決闘〟という形にすれば相手が死んでも責任は問われないし、〝紛争〟扱いにすれば、それなりに公平な裁定が受けられる。

だからといって、そのために結婚するのは――。

「店長さん、万が一の際は目撃者を残さないで。時間が稼げれば工作もできるから」

「うむ。その場合は私が殺ったことにすれば良いだろう。私なら貴族だし、店長殿にはそれぐらいの恩はある」

「いや、だからやりませんって！」

あまりに真剣な表情の二人に、私は慌てて首を振った。

アイリスさんにそんなことを言われたら、絶対に手を出せないよ！

──けど、もしもの場合に備えて、非殺傷系の攻撃用錬成薬(ポーション)を用意しておこうかな？

逃げ帰りたくなるような、いや、逃げ帰ることもできないような、そんな物を。

頭の中で錬金術大全をペラペラと捲(めく)り、私がフフフと笑っていると、マディソンたちがドン引きしたような表情で、コソコソと話し始めた。

「隊長、俺たち、マズいことを聞かされているんじゃ……」

「聞き流せ。既に俺たちの命は彼女たちに握られているんだ」

「それどころか、怪我(けが)の手当てをしてもらい、命まで救われている。俺たちにできるのは、可能な限り協力して、領主の奴(やつ)をなんとかしてもらうことだけだぞ？」

「そうっすね。アイツがそのままじゃ、俺たちと家族の命は……」

「俺に家族はいない。いざとなれば刺し違えてでも、俺が領主を……」

「「先輩……！」」

壮年の男のグッと握った拳を、涙を浮かべた数人の若者が握りしめる。

何だか良い話っぽい流れだけど、さすがにそれはマズい。

アイリスさんも慌てたように、話に割って入った。

「待て待て！　お前たち、勝手に悲壮な覚悟を決めるな。助けてやると伝えただろう？　マディソン、移住の話をきちんと伝えていないのか？」

「確定していない以上、糠喜(ぬかよろこ)びさせるのもと思ってな。そもそも本当に大丈夫なのか？　家族も含めると五〇人はいるんだぞ？　簡単に受け入れられる人数じゃないだろ？」

「問題ない。お前たちもどこまで聞いているのかは知らないが、家族も含めロッツェ領で受け入れる。楽をさせるつもりはないが、生活できるようにはする。安心しろ」

アイリスさんがそう請け合うが、マディソンたちは不安げに顔を見合わせた。

「けど、ロッツェ領って、農村だよな？　警備の仕事があるとは思えないが……農家出身のヤツもいるが、ほとんど素人(しろうと)だぞ？」

「それに普通の村って、分け与えるような農地って余ってないっすよね？」

「となると、開墾からか。大変そうだな」

「それでも家族全員の命が助かるなら安いものだ。幸い俺たちは体力に自信がある。土地さえ与えてもらえるなら、全員で頑張れば……」

「だから早合点(はやがてん)するな！　農家になるのなら、農地は提供する」

『死ぬよりはマシだから頑張ろう』的な雰囲気に、再びアイリスさんが割り込む。

「すぐに利益が上がるほどの収穫が見込めるとは言わないが、開墾の必要はないぞ」

「それは……話が甘(うま)すぎる気がするんだが？」

そう訊(き)き返したマディソンだけでなく、他の兵士たちも揃(そろ)って怪しむような顔になる。

先ほど兵士の一人が口にしたように、普通の農村に余っている農地など存在しない。

本来農地は家と共に継承するものであり、家を継げない子供たちは、他家の跡継ぎと結婚するか、村を出て働きに行くか、一か八かで開墾に取り組むか。農地が余っているなら、そんな若者に分配されるのが先であり、移住者に渡すような物ではない。

だから彼らが不審に思うのも当然だろう。

「確かに現在余っている農地はない。だが今回に限っては、店長殿が協力してくれることになっている。心配するな」

「錬金術師の嬢ちゃんが？　それなら、まぁ、あり得るか。あれだけの……だからなぁ」

兵士全員が私の顔を見て、納得したように揃って頷いた。

何を思ったのかちょっと気になるけど……まぁ、いいや。

ちなみに、アイリスさんは私が協力すると言ったけど、実際に作業をするのはケイトさんの予定。私が教えた開墾魔法の実地訓練も兼ねて、試してみることになったのだ。

なので、ケイトさんが失敗しなければ、私の出番はない。

でも、二人には弟妹を紹介したいと言われているし、本当に上手くできたかの確認も兼ねて、一度ロッツェ領を訪ねてみても良いとは思っている。

「それでも苦労はあるだろうが、家族纏めて処刑されるよりは良いだろう？」

アイリスさんがニコリと笑えば、事情を理解してホッとしたのか、兵士たちの表情も明るく、口調も軽くなる。

「当然っすよ！　ありがとうございます、姐さん！」

うん、軽すぎるね。アイリスさんを貴族扱い——というか、過剰な媚び諂いは、冬山で一緒に行動したことでなくなったけど、『姐さん』はどうなんだろう？

「あ、姐さん……。お嬢様と呼べとは言わないが、領民になるならそれは止めてくれ」

アイリスさんもさすがに嫌だったのか、困ったように調子の良い兵士に訂正を入れる。

——でも、お嬢様、か。ちょっと耳慣れない言葉。

ロレアちゃんも気になったのか、隣で聞いていたケイトさんに尋ねた。

「アイリスさんって、お嬢様って呼ばれているんですか？」

「ええ、アイリスお嬢様、ってね。次期領主だから」

「「アイリスお嬢様……」」

私とロレアちゃんの声が重なる。

間違ってはいない。——間違ってはいないんだけどね。

でも、ドレス姿のアイリスさんとか……ん？　普通に似合う、かも？

ケイトさん共々、見てみたいかも。

「解(わか)ったっす。アイリスお嬢様っすね！」

「いや、だから――」

「まぁ良いじゃない。どうせ帰ったら同じことでしょ？」

「それはそうなのだが……。はぁ、解った。好きに呼んでくれ」

再度訂正しようとしたアイリスさんだったが、すぐに諦めたようにため息をついた。

実際、領民たちがそう呼んでいるなら、彼らだけ訂正してもあまり意味はないよね。

「ちなみに、ケイトさんは？」

「私は普通よ？」

さらりと答えたケイトさんだったが、それを聞いたアイリスさんがニヤリと笑う。

「ケイト様って呼ばれているぞ」

「『ケイト様！』」

図らずも、再び私とロレアちゃんの声が重なる。

普通じゃないし！　いや、ケイトさんだって陪臣なんだから、領民からすればそう呼ぶのもおかしくはないんだけど！

それでもやっぱり、普通じゃない。

平民である私たちからすれば、みんなから様付けで呼ばれるのは普通じゃないよ！

そう主張したい私だったけど……。

「――普通、でしょ？」

そう言って微笑むケイトさんの前には「そうですね」以外の答えはなかったのだった。

――だって、目が笑ってないんだもん。

Alchemy Item Catalog

No. 014

錬金術大全：第六巻登場
作製難易度：ベリーハード
標準価格：200,000レア～

〈ゴミ箱〉

Rubbish Annihilator

錬成に失敗して、失敗作の処分に困る。そういう事ってありますよね？

そんなあなたにこのゴミ箱。一見するとただのゴミ箱ですが、放り込んだ物は全て消滅。

ゴミ捨てすら不要です。失敗の記憶と共に全て消し去りましょう。
※生物は弾き出す安全装置付き

Episode 4

依頼人も片付けたい

「良かった、お店は無事だ！」

アイリスさんたちと別れ、村に帰ってきた私たちを出迎えたのは、出発前と変わるところのない私のお城だった。店前の柵だけは、一部壊されているけれど、私でも簡単に直せる程度で、目に見える被害といえばそのぐらい。

嫌がらせとして窓ぐらい割られているかも、と覚悟していただけに、正直ホッとした。

窓ガラスは高価だからね――私は自分で直せるけど。

「ええ、本当に。――サラサさんが暴走しないという意味でも」

「だから、しないって」

私とは別の意味で安堵（あんど）しているらしいロレアちゃんに、少々釈然としないものを感じながらも、私は鍵を開けてお店の中に入る。しばらく留守にしていても、このお店には清掃の刻印があるため、埃（ほこり）っぽいなんてこともない。

一家に一つ、刻印を。住人に魔力とお金があれば、是非導入したいよね。

「……って、あれ？」

刻印の魔力が、想像以上に減っている。

出かける前はほぼ満タンだったのに、現在はおよそ半分。

長期間留守にしていて、魔力の供給ができなかったとはいえ、この減少量は多すぎる。

つまり、考えられるのは、魔力を消費する事態が起こったということ。

「……もしかして、防犯？」

このお店に施されている刻印の効果には防犯も含まれている。

チンピラがお店の中で暴れた時に発動したのと同様に、外からお店を破壊しようとしても、これはしっかりと機能する。私が施した刻印じゃないので正確な効果は不明だけど、窓が割れていなかったのは、もしかしたらそのおかげかもしれない。

「ちなみにですが、サラサさん。その消費された魔力量ってどのぐらいなんですか？」

「えっと、数値で表現するのは、なかなか難しいんだけど……」

例えば、鍋一つ分の水を沸騰させるために必要な魔力量。

同じ魔導（まどう）コンロを使えば、消費魔力は誰でも同じかといえば、さにあらず。

私とロレアちゃんが試せば、魔力の操作に慣れた私の方が消費が少なくて済むし、仮に魔力量を量るような錬成具（アーティファクト）を作ったとしてもそれは同じ。

その差も含め、『実効魔力量』という意味であれば、調べることはできるだろうけど、残念ながらそんな研究はほとんどされていない。

だって、手間がかかる割にお金にならないもの。

そんな研究に魔力を使うなら、普通に錬成薬作りに魔力を使った方が稼げるからね。

なので必然、私のロレアちゃんに対する答えも曖昧になる。

「このお店の刻印は、私の全魔力を注いでも満杯にならない許容量があるんだよね。だから、消費された魔力は私の全魔力の半分以上、ってことになるかな？」

「えっと……サラサさんが裏の森を吹き飛ばした時に使った魔法、あれの消費量は？」

今はちょうど良い感じの運動場になっている裏手の森。

そちらに目を向けて尋ねるロレアちゃんに対し、私は少し考えてから答える。

「『吹き飛ばした』は大袈裟だと思うけど、あの魔法は……ちょこっと？」

私が人差し指と親指を指二本分ほど広げると、ロレアちゃんは目を剥いた。

「大事じゃないですか！　お店に攻撃した人、生きてますよね⁉」

「直接魔法を使う場合とは効率が違うから、単純比較はできないよ」

そりゃ私の全魔力の半分を消費して攻撃魔法を使えば、なかなかに派手なことになるとは思うけど、このお店の刻印は決して攻撃用の錬成具ではない。

このお店にある防犯の刻印は飽くまでも防犯で、基本的に非殺傷系。

「どんな攻撃をされたところで、いきなり殺してしまうような反撃はしない……はず？」

「『はず』って！　『はず』って！　もしその中に、カーク準男爵本人がいたら――」

「だ、大丈夫だよ。——死ぬ前に動けなくなってると思うし」

「安心できないです……」

不安げに私を見るロレアちゃんの肩を、私はポンポンと叩く。

「心配しなくても、魔力消費が多いのは防御するためだよ、たぶん」

石を投げられれば、それを防がないといけない。

火を付けられれば、それを消さないといけない。

それに消費されるのも蓄積した魔力。

反撃はそれ以上攻撃させないためのもので、防犯機能の主体ではない。

「強引に侵入しようとでもしない限り、痺れて動けなくなる程度だよ、きっと」

「さっきから語尾に付く言葉が不安を掻き立ててますよ……。でも、サラサさんが来る前は、このお店に入った人もいるんですけど。残っている家具を貰うために」

「——あぁ、そんなことを言っていたね」

それにダルナさんとマリーさんが仲良くなったのも、このお店の中だったと、チラリと聞いてしまったし。他でもない、その成果であるロレアちゃんから。

「それは、防犯の機能が最低限になっていたからだろうね」

以前住んでいた錬金術師が、引っ越す前にそう設定したんじゃないかな？

魔力の消費量を減らす意味もあったんだろうけど、引っ越した家から残った家具を貰うのは普通のことだし、村人が中に入れないと困ると思ったんだろう。

工房の物に手が付けられていなかったのは、『危険だから触るな』と言い置いていたのか、それともあそこには入れないよう、刻印に細工でもしてあったのか。

「ま、不埒者(ふらちもの)がどうなろうと気にする必要はないよ。それよりも開店準備だよ、ロレアちゃん。長い間閉めてたからね。冬場でも用事のあった人もいるかもしれないよ！」

「そうですね。……でも、ちょっと不安なので、噂(うわさ)を集めておきます」

「うん、お願い。私は発毛剤の方を頑張るよ」


その日の夜、私は久しぶりに、ちゃんとしたロレアちゃんの料理を堪能(たんのう)していた。

野営でも主な調理担当はロレアちゃんだったけど、台所で作られた物とはやはり違う。

野趣溢(あふ)れる料理もそれはそれで良いんだけど、さすがに長期間続くとね。

うまうまと味わいつつ、いつも通りの業務報告。

「今日はお店の方、どうだった？　やっぱり、暇だった？」

「冬前のように多くはありませんでしたけど、ポツポツとは来てくれました。天気の良い日に近場で活動しているだけみたいなので、売り上げは多くなかったですが」

競争相手が少ない分、やり方次第で冬場は稼げる。冬越しできる貯蓄があるからと、宿屋でのんびりしている採集者ばかりではなく、お仕事をしている人もいたようだ。

これは、冬場の採集に関して、少し情報提供するべきかな？

マーレイさんにも頼まれたし、ベテランのアンドレさんたちにでも。

下手に教えると事故が増えそうだけど、彼らなら大丈夫だろうし、面倒見も良いから、効果が他の採集者たちに波及することも期待できる。

「あと、お夕飯の買い出しの時に噂も集めてみたんですが、やっぱりお店にちょっかいをかけていた人はいたみたいですね」

「あぁ、やっぱりそうなんだ？　どんな感じだったかは判った？」

「そこまでは。皆さん、遠くから見ただけで、近付いたりはしなかったみたいです」

「そっか。……うん、そうだね、その方が良いね」

盗賊、野盗は見つけ次第殲滅すべし。

状況次第では捜してでも殲滅すべし。

そんな私が少数派であることぐらいは、さすがに認識している。

コソ泥ならまだしも、武器を持った人を捕まえるなんて危険なこと、村の人に期待するつもりは毛頭ない。

しかもそれが貴族だったりすれば、関わらないようにするのが正解。

「もっとも、ジャスパーさんは弓を取り出したみたいですけど」

「えぇっ⁉　それはさすがにマズいよ⁉」

ロレアちゃんの口から飛び出した衝撃情報に、私は思わず椅子から立ち上がった。

「大丈夫です。相手が貴族と噂を聞いていたエルズさんが、必死に止めたそうです」

「よ、良かった……。怪我(けが)ならまだしも、殺されちゃったらどうしようもないから」

私は椅子にストンと腰を落とし、ホッと息を吐いた。

頼もしいお隣さんだけど、さすがに領主と争いになってしまうと困ったことになる。

「お店を空ける前に、周知しておいた方が良かったね」

「大半の人は知ってましたよ？　サラサさんが領主とトラブルになってるって」

「そうなんだ？　――もしかしてロレアちゃん、村八分になってたりしない？」

貴族、それも領主と対立するなんて、小さな村社会では致命的。

根無し草の採集者や、厳密には領民ではない錬金術師とは違い、村人では逃げることも難しいわけで、私はもちろん、このお店で働いているロレアちゃんとも関わりたくないと思う人がいても、決しておかしいことではない。

そう思って尋ねた私に、ロレアちゃんは「ふふふっ」と笑う。

「まったく。この村を救ってくれたのがサラサさんで、領主は何もしてくれなかったことを村の人は理解しています。さすがに領主の目の前では別かもしれませんが、サラサさんに不義理なことをする人なんていませんよ」

「そう？　なら良いんだけど。でも、無理して私の味方をする必要はないとは言っておいてね？　私とロレアちゃんだけなら、なんとでもなるから」

実力行使にはある程度対応できるし、やりたくはないけれど、王都に逃げてしまえばカーク準男爵なんて所詮は地方領主で下級貴族。

王様のお膝元で無茶をできるほどの権力は、持っていないと思う。

「解りました。でも、大丈夫ですよ。それなりに強かですから。村の人も」

本当かなぁ？　結構、お人好しな人が多いと思うんだけど……。

あ、でも、エリンさんなんかは、結構強かかも？

「サラサさんの方はどうでしたか？　発毛剤は完成しましたか？」

「うん、失敗することもなく作れたよ。あとはお渡しするだけなんだけど……そのうち取りに来るとは仰っていたけど、いつ来るんだろうね？」

「さぁ……こちらから連絡を取ることは、できないですよね？」

「王族だからね。ま、待つしかないよね」

たぶん、春までには来られるんじゃないかな？

しかし、そんな予想に反して、フェリク殿下の再訪は早かった。

具体的には、私が帰還してから僅かに五日後。

まるで見張っていたかのような迅速さ――って、たぶん見張っていたんだろうね、部下か誰かが。すぐに報告が行ったのでなければ、こんなに早くは来られないはずだし。

商品を早く渡せるのは良いんだけど……ちょっと困った。

実家に戻ったアイリスさんたちが、まだ帰ってきていないのに。

――今回の件について、どのような着地点を見いだすか。

色々頭を悩ませた私たちだったけど、結局のところ、明確な答えは出なかった。

私だけならまだしも、ロレアちゃんたちの安全を考えれば、カーク準男爵に何らかの牽制をしたいが、マディソンたちを助けるなら、今回の件を表沙汰にはしにくい。

体面が重要な貴族という立場を逆手にとって、彼の悪行を噂として流し、評判を落とすという手も考えたが、残念ながら私たちにそんなノウハウはない。

最後の手段は、フェリク殿下に泣きつくことだけど、マディソンたちの存在がネックとなるし、弱みを見せたらどうなるか。少々読めない相手なのが怖い。

それとなくカーク準男爵のしたことを伝え、殿下が自主的に動いてくれるなら一番良い。

でも、言うは易く行うは難し。

『率直に』ならまだしも、『それとなく』なんて高度な技術、私は持ってない。

コミュニケーション能力が大して高くない私には、無理難題ですよ？

やはり経験不足は否めず、それを補うためにロッツェ家の家宰であるウォルターさんの知恵を借りようと思ったんだけど……前述の通り、二人は未帰還。

くうぅっ！　アイリスさん、ケイトさん、かむばっく！

私だけで王族と対峙するとか、とってもキツいんですけどっ⁉

壁になって、とは言わない。ただ隣に座って、心の支えになってくれるだけで良い。

——かといって、さすがにロレアちゃんに『同席して』とは頼めないしねぇ。

そんなことしたら、ロレアちゃんが大ダメージを受けちゃうからね！

多少は貴族に慣れている私と違って、耐性がないから。

少しの耐性なんて、意味ないけどね！

王族とか、攻撃力が高すぎるからね！　貫通するからね！

でも仕方ない。殿下に『準備不足だから出直して』と言うことに比べればマシ。

胃の痛みを感じられる頭が、少なくとも首の上に載ったままになるのだから。

そんなわけで、私はたった一人、王族の接遇に臨んだのだった。


「ようこそおいでくださいました」

「お待たせしました。錬成薬(ポーション)は完成しましたか？」

──待ってない、待ってないよ！

などという本音は隠し、私は完成した発毛剤をテーブルの上に置いた。

「はい、こちらになります。朝夕塗って頂ければ、三日ほどで一〇センチは伸びるかと」

「塗ってすぐ、一気に生えるわけではないんですね」

「そのような物も作れますが、髪質を考えると、これぐらいの速度が良いと思われます」

自然に伸びた髪と同等の髪質にするなら、このぐらいが限界。

多少パサついたり、細かったりしても良いのなら、時間は短縮できる。

でも依頼者は、外見だけはイケメンの王子様。

みすぼらしい髪になっては問題だろうと、これぐらいに調整したんだけど──。

「もしそちらの方がよろしければ、作り直しますが」

「いえ、これで問題ありませんよ。急ぐわけではありませんから」

窺うように尋ねた私に殿下は微笑み、発毛剤の小瓶を懐に収めると、代わりに革袋を取り出してテーブルに置いた。

「良くやってくれました。こちらが報酬です」

「よろしいのですか？　効果を確認しなくても」

「信用していますから。もし効果がなければ、ミリス師に苦情を言えば済みますし？」

「ははは……確かに師匠なら、すぐに対処してくれるでしょうね」

笑みを深めた殿下に、私も乾いた笑いを返す。

信用というのも、きっと師匠に対する信用なんだろう。

「でも、問題ないと思います。それなりに自信はありますので」

なんと言っても、依頼者は王族。師匠の面目を潰さないよう、慎重に慎重を重ねて作っているし、レシピさえ間違わなければ、錬成薬の成功、失敗は判りやすい。

まったく新しい錬成薬を作れとでも言われない限り、失敗作を渡す心配はない。

「そうでなくては。まぁ、あなたの錬金術師養成学校での成績は確認しています。腕が足りないと思っていたら、わざわざこんな所まで来ていません」

私の個人情報、ダダ漏れ⁉

……いや、国営の学校だから、王族なら調べられて当然かもしれないけど。

でも、よく考えれば、師匠も私の成績を知ってたんだよね。伝えなくても。

案外、簡単に調べられるのかな？

私はそう恥ずかしい成績を取ったつもりはないけど、人によっては……。

そんな私の疑念に気付いた様子もなく、何故(なぜ)か殿下は、ゆっくりとソファーに座り直すと、腕を組んで口を開いた。

「さて、これでここに来た目的の一つは達したわけですが……」

「一つ、ですか？」

「私が動くと、そこにいろんな意味を見いだす人がいるんですよ、面倒なことに」

「それは……そうでしょうね」

皇太子ではないとはいえ、気軽に出歩けるほどフェリク殿下の立場は軽くない。

お忍びであったとしても、本当に一人で行動するはずなどなく、表に裏にと多くの護衛が付き、事前の調査なども行われる……はず。

今回の錬成薬(ポーション)だって、受け取りだけなら本人が来る必要はない。

にも拘(かか)わらず、殿下はここにいるわけで。

「なので、用事は纏(まと)めて、効率的に済ますことにしています。——さて。私がここに来た目的を、あなたはどう考えますか？」

なんか、面倒くさいことを言い出したよ⁉

「そんなの、知らないよ！」

――などと、王族に対して言えるはずもなく。

足りない情報を掻き集め、私は頭を捻る。

最初の時には突然すぎて冷静に考えられなかったけど、王都からここまではかなり遠く、師匠のような規格外を除けば、気軽に来られるような場所じゃない。

当然、来られるからにはそれ相応の理由がある。『発毛剤のことを知られないように』とは仰っていたけど、おそらくそこはあまり重要視されていないと思う。

だって気にしていたら、それをネタに私たちを笑わせたりはしないと思うもの！

とても迷惑なことにね！　王族と私たちの身分の違いを理解して‼

だから、それとは別の理由があるはず。

――いや、違うね。別の目的なのだから、発毛剤関係以外。

となると……この地域への訪問自体が目的だった？

公には発毛剤が目的であることを隠した上で、そのこと自体も表面的な目的……？

「……標的は、カーク準男爵家ですか？」

「ほう？　どうしてそう思いました？」

しばらく考えて出した私の答えに、殿下は面白そうに笑みを深めた。

「サウス・ストラグはさほど大きな都市ではありませんが、南方のドーランド公国との交易はここ数十年、拡大を続けています」

王都が国土の東寄りにあることもあり、ここラプロシアン王国の最大の貿易相手国は、東方に位置するウーベル国である。

対して南西に位置し、王都から遠いドーランド公国との貿易は、長い間、細々としたものだったのだが——数十年前、その状況に変化があった。

変化させたのは、先々代のカーク準男爵だった。

彼はカーク準男爵領からドーランド公国へと続く道を整備し、商業を推進。

単なる宿場町であったサウス・ストラグの町を、交易の町として作り替えていった。

それを引き継いだのが、先代のカーク準男爵。

サウス・ストラグを地方都市と呼べるまで発展させたのは、彼の功績である。

しっかりとした道筋の付いたこの流れは、このまま順調に拡大していく——と、思われていたのだが、そこに水を差したのが、当代のヨクオ・カーク準男爵。

いや、水を差すどころか、完全にダメにしかねないって感じかな？

「未だウーベル国との貿易額には遠く及ばないでしょうが、決して少ない額ではない。これが潰れてしまうのは、国としては惜しい。そういうことなのでは？」

「悪くない見方ですね。そこに今回の件がどう絡んできますか？」

「私の臆測も交じりますが……」

「構いません。続けてください」

正直、確証のない推測を開陳することに躊躇いは覚えるけど、微笑みながらも鋭い視線の殿下にじっと見られては、拒否もできない。

「少し前のことになりますが、ロッツェ家が調停を申し立てました。そのことを知った殿下は使えると思われたのではないでしょうか？」

ドーランド公国との貿易は今後も推進したいが、カーク準男爵はその障害になりそう。

だからといって強引に改易すれば、いくら国王でも貴族の支持を失いかねない。

適当な口実を探していたところに引っ掛かったのが、あの調停。

弱小貴族であるロッツェ家と準男爵家との争いに侯爵家が関わるという、目を引く要素はバッチリだったし、少し調べれば私が関わっていることも簡単に判っただろう。

もちろん、私の詳細な個人情報なんて言うまでもなく。

「ノルドさんがウチに来たこと自体、殿下の差配だったのではありませんか？」

タイミング的にちょっと怪しいよね、と思って殿下を窺えば……殿下は何だか嬉しそうに、笑みを深めていた。腹黒そうなその笑み、正直怖いんだけど⁉

「さすがは最優秀。錬金術師養成学校を作ったのは間違いではなかったようです。——平凡は許されますが、愚鈍は許されません。立場ある貴族であればね」

明確な肯定ではないが、それは私の推測がさほど外れていないことを示す言葉。

そのために私たちは苦労したのかと、思うところはあるけれど、そんな不満を口に出せるはずもない。

「ただ一つ訂正を。私はノルドに情報を与えただけです。彼の行動に関しては関知していません——というより、あそこまで迷惑を掛けるとは予想外でした。その報酬には、それについての詫びも含まれています。すみませんね」

「い、いえ！　ちょっと困った人でしたけど、理不尽な人ではありませんでしたから！」

不意に謝罪を口にした殿下に、私は慌てて首を振る。

——もしかして、表情に不満が漏れていた？

殿下は問題にされる方ではないようだけど、下手をすれば不敬にもなりかねない。

私が慌てて表情を引き締めれば、殿下は「フフフ」と笑った。

「そう緊張せずとも良いですよ？　多少のことなら気にしませんから」

「あ、いえ、その……」

簡単に表情を読まれ、私は思わず意味のない言葉を漏らしてしまう。

「頭は回るようですが、貴族との付き合い方はまだまだですか。生い立ちを考えれば、及第点ですが……そっち方面のカリキュラムも入れるべきでしょうか？　暇を持て余している王族でも派遣すれば、実践的な講義もできるでしょうし」

顎に手を当て、とんでもないことを呟く殿下。

——止めたげて！　後輩たちが泣くことになるから‼

私もマナーに関する講義は受けたけど、その相手は学校の講師や同級生。

同級生にも貴族は多いから、それだけでも十分に緊張するのに、王族が講義？

それって、ミスしたら首が飛びかねないほどに、実践的になるんじゃないかな⁉

「で、殿下、さすがに王族の方々のお手を煩わせるのは、恐れ多いかと……」

「ん？　穀潰し——もとい、時間的余裕のある王族はそれなりにいるんですが……まぁ、これは父上と相談すべきでしょうね」

控えめに意見を差し挟んだ私をチラリと見て、殿下がぼそりと怖いことを言う。

——良かった！　私、卒業していて‼

後輩たちよ、この件が実現しないこと、私は祈っているからね！

……祈るだけで、これ以上は何も言わないけど。

とばっちりは嫌だからね！

「とはいえ、今はカーク準男爵家のことですね。あなたが想像した通り、軽く揺さぶってやった――いえ、そこまでもいかないですね。重石を少し除けてやったぐらいでしょうか。たったそれだけで、あの愚か者は軽挙妄動に走ったというわけです」

具体的に何をしたのかな？　殿下が私のお店に来たことじゃないよね……？

もしかするとそれも含めて、何らかの策があったのかもしれないけど、おそらくカーク準男爵は、殿下の訪問を把握していない。少しでも考える頭があるのなら、殿下が帰った直後にウチのお店にちょっかいをかけてくるとは思えないもの。

「自重するようなら対応も変わったのですが……予想通りでしたね。先代も彼が問題を起こした時に廃嫡しておけば良かったものを」

「……その〝軽挙〟で、私たちは危ない目に遭ったのですが」

迷惑な準男爵家が潰れるのは願ったり、叶ったりだけど、その行程に善良なる私たちが巻き込まれるのはいただけない。少しばかりでも配慮してもらえればと、やんわり不満を伝えてみれば、殿下はちょっと目を細めた。

「そうですか？　少なくともあなた方には、危険などなかったように思いますが？」

どこまで把握しているんだろうね、この腹黒王子様は！

少なくとも、山で襲われたことは把握してるよね、これ。

私たちはともかく、下手をすればマディソンたちは死んでいたわけで。

できれば、彼らのことも考慮して欲しかった！

少数の領民を救うより、ダメな領主をすげ替える方が国、延いては領民のためになると考えたのか、平民程度は大した問題でもないと考えたのか。

こうなっては隠蔽は不可能、マディソンたちの助命を願うしかないわけだけど……私がするの？　この王子様相手に？　縁もゆかりもない相手のために？

けど、今更見捨てることもできないし……。

こんなときにアイリスさんたちがいれば、押し付け――もとい、協力できるのにっ！

今帰ってきてくれたら、好感度、爆上がりですよ？

――しかし残念ながら、アイリスさんにそんなタイミングの良さがあるわけもなく。

耳を澄ましても、お店の扉が開く音は聞こえなかった。

くそう。やるしかないかぁ……。

「殿下、サウス・ストラグの兵士たちは命じられただけであり――」

「指揮官の責任を一兵卒に負わせるほど、私は愚か者ではありませんよ」

意を決して、恐る恐る口を開いた私の言葉を遮るように、殿下はそう断言した。

確かに紛争であれば、上官の命令に従っただけの兵士が処刑されるようなことはまずない。しかし、今回は私やアイリスさんを暗殺しようとしたに等しい。

暗殺であれば、その実行犯は余程のことがなければ処刑される。

……あ、もしかして、紛争として処理しようとしている？

私が窺うように顔を見ると、殿下はニヤリと人の悪い笑みを浮かべる。

「私は今回、カーク準男爵を完全に潰すつもりです。ですが、それができそうになければ、手を出すつもりはありません。中途半端は好みませんから」

そして、試すかのように私をじっと見た。

えっと……、もしかしてその道筋を私に考えろ、と？

大して情報も持っていない私に、なんて酷い無茶振り。

こんな上司が職場にいたら、辞職を考えるところだよっ。

救いなのは懸かっているのがマディソンたちの命で、私たちの命じゃないところかな？

――などと、ちょっと酷いことを頭の隅で考えつつ、私はゆっくりと思考する。

「……襲撃の証人を出すことはできます」

「それでは弱いですね。命令書でもあれば別ですが、証言者は平民でしょう？」

やっぱりそこが問題になるかぁ。

いくら怪しくても、平民の証言だけで貴族を罰することはできない。

『勝手にやったことだ』と強弁されてしまえば、問えるのは監督責任ぐらい。

マディソンたちを処刑して終わりとなるだろう。

アイリスさんは貴族だけど……彼女の証言では襲われたことは認められても、カーク準男爵の指示とは証明できない。

「錬金術師が協力していたようですが、そちらから攻めるのはいかがでしょうか？」

「ジョーゼフですか？　あれも一応は貴族です。簡単にはいきません」

「申し訳ありません。名前までは把握しておりません」

おそらくは、サウス・ストラグで阿漕な商売をしていた錬金術師のことだと思うけど、確証はないし、そもそも私、あの人の名前を知らない。

レオノーラさんなら知っていると思うけど、お店が潰れた後は気にしてなかったから。

私が正直に答えると、殿下は面白そうに片頬を上げる。

「ふむ。まさか奴も、自分の店を潰した相手に、名前すら覚えられていないとは思ってもいないでしょうね。あなたのことをかなり恨んでいるようですが？」

「逆恨みですね。私がしたのは注意喚起ぐらいですから」

そう、私がしたのは。

レオノーラさんが何をしたかは、私の知るところじゃない。

「ふふっ、確かに潰れてしかるべき店であったようですね。――錬金術師養成学校も全体としては順調ですが、それでも一定数はダメな者が出るのは避けられませんか」

まぁ、人格とか、協調性とかは問われないしね。試験では。

悪い方向に有能だったとしても、卒業はできる。

そもそも協調性に関しては、私も人のこと、言えない。

「できればジョーゼフの錬金許可証(アルケミーズ・ライセンス)は失効させたいところですが……」

「彼が作ったという錬成薬(ポーション)は確保してあります」

証拠が必要ということなのだろうと、私がそう言えば、殿下は満足そうに頷(うなず)く。

「上出来です。カーク準男爵本人についてはどうです？」

「今回の襲撃については生憎(あいにく)。一応、それ以外の問題行動について調査した資料はありますが、明確な証拠などは……」

以前、フィリオーネさんから貰(もら)った資料。読んではみたけど、大半は貴族であれば握りつぶせそうなものばかりで、決定打と言えるほどのものはなかった。

しかし殿下は私の言葉を聞き、ニッコリして手を差し出した。

見せろということですね。解りますわか。

「こちらに」

急いで取りに行った資料を殿下に手渡せば、殿下はそれをパラパラと眺めて、「ほぅ？」と感心したような声を漏らした。

「ここまで調べましたか。思った以上に優秀ですね？」

「恐れ入ります。ですが、それを調べたのは私ではございません」

「誰が調べようと関係ありません。この情報を手に入れられたことに意味があります」

評価してくれるのは嬉しいうれ。けど、何だか試されているような？

カーク準男爵を排除することは私の意に適うかなとはいえ、殿下がその気になれば私に証拠や情報を求める必要、ないよね？

「……この程度の情報、殿下であれば既にご存じだったのでは？」

「そうでもありません。現地の生の情報は十分な価値があります」

ホントかな？　不敬かもしれないけど、その笑顔が怪しいよ？

「あとは捕らえるだけですね」

まさか、それまで私にやれとは言わないですよね？

この前みたいに、のこのこと私のお店にやって来れば捕まえられるけど、絶対に面倒くさいことになるし、サウス・ストラグで捕まえようとすれば、多人数を相手にした戦闘が発生しかねない。どう考えても、一介の錬金術師がやるようなことじゃない。

ロッツェ家は、個人的な武力はともかく、軍事力としては当てにできないしね。

「心配せずとも、策は考えてあります。さて……長話をすると、喉が渇きますね」

私の戸惑いを感じたのか、殿下は肩をすくめると、ゆっくりとソファーの背もたれに身体を預け、露骨に飲み物を要求してきた。

——さっさと帰って！

などと、思っても口には出せず、私は少々迂遠な表現を使う。

「田舎故、生憎と粗茶しかご用意できませんが」

「構いませんよ。多少口に合わずとも、現地の物を食すのも一興ですから」

——さすがは王子様、ふてぶてしいね！

でも、提供する方のことも考えて‼

「……かしこまりました」

「あぁ、ついでに何か摘まめる物も欲しいですね。甘味などあれば言うことありません」

——さすがは王子様、図々しいね！

でも、田舎村に何を期待しているの‼

この村にお菓子屋さんなんてないこと、理解しているのかな⁉

未処理の腐果蜂の蜂蜜でも出してあげようかな？

……そんなことしたら、私の首がピンチだからやらないけど。

「申し訳ないのですが、このような場所ですから、すぐにご用意することは……」

「構いませんよ。時間はありますから」

こっちは暇じゃないんだって。

お茶だけ飲んでさっさと帰れ、ということが伝わらなかったらしい。

王子様なら言葉の裏を読め！

——読んだ上で無視している可能性も、無きにしも非ず、だけど。

「それでは、少々お待ちください」

下っ端の悲哀を感じつつ、私は席を立った。


「ねぇ、ロレアちゃん。クッキーって余ってなかったっけ？」

「え、クッキーですか？　昨日のお茶の時間に作ったのが残ってますけど、休憩ですか？

でも王子様、まだお帰りになっていませんよね？」

台所のことはロレアちゃんに訊こうと、私がお店の方に顔を出せば、ロレアちゃんが不思議そうに振り返った。

「うん。ちょっとお茶菓子が必要になってね」

「えっ？　――わっ、わわ、（私の作ったお菓子を王子様にお出しするんですか⁉）」

一瞬、私が何を言っているのか理解できなかったのか、ポカンと口を開けたロレアちゃんは、すぐに我に返り、小声で叫ぶという技術を披露してくれた。

「仕方ないよ。この辺にお菓子を買えるお店なんてないでしょ？　ダルナさんの所に行ってみても良いけど……」

「お父さんのお店にある物なんて、もっと酷いですよ！」

酷いは言いすぎだけど、サウス・ストラグで仕入れて運んでくる関係上、お菓子と言うよりも保存食とか、非常食とか言った方が近いのは間違いない。

「うん、だから、昨日の残りを――」

「ま、待ってください！　せ、せめて、出来立てをお出しします！」

ロレアちゃんは慌てて表の看板を『休憩中』にひっくり返し、台所に駆け出した。

「あ、さすがにそれは時間が――まぁ、いっか。時間がかかるとは言ってあるから」

不躾（ぶしつけ）にお菓子を要求する人なんて、昨日の残りで十分な気もするけど、それでしびれを切らしてお帰りになるなら、逆にありがたいぐらい。

じっくりお待ち頂こう。

もしくはお帰り頂こう。

そして私も、お茶の準備をするためにロレアちゃんの後を追い、台所へ。

「お茶っ葉は……安いので良いかなぁ？」

私がそんなことを呟(つぶや)きながら準備していると、テキパキとクッキーの生地を作っていたロレアちゃんが、びっくりしたように振り返った。

「えぇ!?　そこは一番高いのにしましょうよ、王子様なんですよね？」

「だからこそ、逆に珍しい、的な？　私の持ってる高級茶葉なんて高が知れてるし」

今ウチにあるお茶は、食事のときに飲むお茶、ティータイムなどのお菓子を食べるときに飲むお茶、そしてちょっと奮発して買った、特別なときに飲むお茶。

でも貧乏性の私が手を伸ばすレベルだけあって、すっごく高いってわけでもない。

殿下からすればきっと誤差の範囲。

どうせ不味(まず)いと思われるなら、高い茶葉なんて勿体(もったい)ない。

同じお金持ちでも、学校でお世話になった先輩たちなら、歓迎の意味を込めて高い方のお茶を出すんだけど、殿下じゃねぇ……。

「……いっそのこと、自家製のお茶を出そうかな？」

そのお茶は、裏の森に茂っている葉っぱを摘んできて、私がブレンドしたお茶。

食事のときに飲んでいるのがそれ。

材料費は驚異のゼロ、私の手間隙プライスレス。『現地の物を食すのも一興』とか仰っていたし、売っている物じゃないので、味の比較もできまい！　はっはっは！

「それは……良いかもしれませんね」

「あれ？　反対されるかと思ったけど……」

「サラサさんのブレンドしたお茶は、お母さんみたいに葉っぱをちぎってきて放り込んだだけのお茶とは違って、十分に美味しいですから。それに、少なくとも『安物』と言われることはないですし」

「まぁ、値段、付けてないからね」

私が『このお茶は、カップ一杯で金貨一〇枚』と言えば、それが値段なのだ！

……売れるかどうかは別にして。

うん、これでいこう。このお茶は高いお茶。

〝マスタークラスの錬金術師、オフィーリア・ミリスの弟子が探し出した植物から、お茶に適した葉を厳選して手ずから摘み取り、加工、ブレンドまで手がけた特別なお茶〟とか言っておけば、高級っぽくない？

ブランド力は、師匠の名前だけどね。

「お茶はこれでいいとして……ロレアちゃん、お菓子の方は？」

「いつも通りに作ってますけど……サラサさん、お砂糖は多めにしましょうか？」

「ううん。それもいつも通りで。ロレアちゃんの作ってくれるお菓子は、今のままで美味しいからね」

「そうですか？　ありがとうございます。それじゃ、いつも通りにしますね♪」

私が率直に褒めれば、ロレアちゃんは嬉しそうに応えて、お菓子作りを再開。

その後ろ姿から、鼻歌が漏れている。

緊張で失敗したらと思ったけど、どうやらその心配はなさそうだ。

そもそも、多少甘くしたところで、意味はないからね。

ロレアちゃんのお菓子が美味しいのは嘘じゃないけど、甘さや見栄えの面では、都会で売られている高級なお菓子にはどうしても劣る。

当然、普段殿下が食べるようなものであれば、比べるべくもない。

以前プリシア先輩のお家で頂いたお菓子なんて、この村は疎か、サウス・ストラグの町でも手に入らないような材料が使われていたほど。

どう頑張ったところで、ロレアちゃんがそれに匹敵する物を作れるわけもなく、作る必要もない。無理を要求したのは殿下の方。文句があるなら食べるな。

それぐらいの心意気で良いと思うよ？

「温かくて、サクサクですね。悪くないです」

クッキーを食べた殿下の感想が、それだった。

当然だよ、ロレアちゃんがわざわざ作ってくれたんだから。

不味いとでも言おうものなら、不敬も覚悟で没収するところだよ。

むしろ、何故美味しいと言わない？　美味しいものを食べたんだから。

言うよね？

言うべきでしょ？

そんな私の気持ちが視線に乗ったのか、殿下は言葉を付け加える。

「……素朴で、美味しいですね」

そう、それで良いんだよ。

——で、いつになったら帰ってくれるんですかね？

そんな思いも視線に乗せ、じっとりと見つめてみるけれど、今度は何も感じなかったのか、無視されたのか、殿下は飄々とお茶を楽しみ、更にはおかわりまで要求。

帰ろうとする素振りすら見せない。

だからといって、小粋なトークを披露してくれるわけでもなく。

「…………」

「…………」

お茶とクッキーを無駄に消費して時間が過ぎる。

その消費量からして美味しいという感想は嘘じゃなかったようだけど、無言の空間は居心地が悪いし、用事がないなら帰って欲しい――やっぱり口には出せないけど。

誰か、なんとかしてくれないかなぁ？

例えばアイリスさんたちが、タイミング良く、今ここに帰ってくるとか。

――などと思っていると、まるでそれに応えるかのように、事態が動いた。

「出てこい！　いるのは判っているぞ‼」

表の方から響いてきたのは、粗野な怒鳴り声。

――うん、これは求めてなかった。

ロレアちゃんが心労で休んでいる――お菓子を作り終わった後、改めて殿下にお菓子をお出しするということの重大さを認識したらしい――今、対応するのは私しかない。

だけど、目の前には平然とお茶を飲む賓客。

そろそろ敬意の在庫が切れそうではあるけれど、殿下を放置しないだけの分別は僅かに残っている。窺うように見れば、殿下は笑顔で表の方に視線を向けた。

「構いませんよ、行ってください」

「失礼します」

許可を受け、私が足早に表に向かってみれば、案の定そこにいたのは、カーク準男爵とその取り巻き数人だった。

私が戻ってくるのを監視していたのか、わざわざ本人が出向いてきたらしい。

サウス・ストラグからこの村まで、決して近くないのに……暇なのかな？

「何か、ご用ですか？」

「ようやく出てきたか」

私が姿を見せたことで叫ぶのを止めたカーク準男爵は、そう言って一拍おくと、私に対して指を突きつけた。

「サラサ・フィード、お前に謝罪と賠償を求める！」

「はい？　えっと……何に対してですか？」

むしろそれを求めるべきは、私たちの方だよね？

「先日この店を破壊しようとした儂の私兵が、何人も大怪我を負った。これは儂の財産に対する重大な侵害行為である」

「――えっ？」

想像もしていなかった形の苦情に、一瞬、思考が止まる。

そりゃ、刻印の魔力の消費量から『やったんだろうな』とは予想してたけど、普通、堂々と犯罪行為を告白する⁉

「……それは、私のお店を壊そうとした人が怪我をしたので、それに対して補償をしろ、ということでしょうか？」

「解(わか)っているではないか。取りあえず、売り上げの半分は迷惑料として納めてもらおうか」

「……………」

「それから、お前、ロッツェ家に金を貸しているらしいな？　ちょうど良い、アイリスを儂に差し出せ。借金をちらつかせれば、できるだろう？　あとは――」

「お断りします」

これ以上は聞く価値もないと、私は言葉を遮る。

「なに？」

「以前もお答えしたように思いますが、錬金術師は領主に対して納税する義務はありませんし、犯罪者に対して補償するつもりもありません」

むしろ、それを行った人物の引き渡しを要求したいところだけど、現行犯でもないのに私刑は行えないし、犯罪者として処罰を求めるにしても、その相手は領主。

やるだけ無駄なので、そちらは口にしない。

税に関しても、エリンさんのように『村のために協力してくれ』という形なら少しは考えなくもない。この場所で暮らしているんだから。

でもカーク準男爵の場合はまったくの逆で、この村が困っていても援助をしないどころか、困らせる側。義務もないのに払う気になるはずもない。

当然、アイリスさんについては論外。一考の価値もない。

ふざけたことを言う口に石でも詰め込んでやろうかと、そんな思いを込めた厳しい視線を向ける私に対し、カーク準男爵は自信ありげに、嫌らしい笑みを浮かべた。

「確かに義務はないな、義務は。だが自主的に納めるのであれば、問題はないだろう？」

「……どういう意味ですか？」

私が眉を顰(ひそ)めて半眼を向ければ、カーク準男爵はニヤニヤと笑いながら言葉を続ける。

「お前はこの村の奴(やつ)らと仲が良いようだな？　例えば村の雑貨屋。どのような税を掛けるかは儂の胸三寸だぞ？」

「……」

これに関しては、私も懸念（けねん）していた。

ロレアちゃんを直接的に害そうとするのであれば、私が守ってあげることができる。

彼女は私のお店の従業員だし、給料を支払っているのも私だから。

でも、私の手が届くのはそこまで。それ以上となると、できることは限られる。

カーク準男爵がこの村にどれほどの重税を掛けようとも、それは領主権限の範囲のことだし、王国法に反するわけでもない。

でも、そんなことをしたら村人は村を捨てるだろうし、採集者もいなくなる。

まともな頭を持っていれば、損しかないと理解できるはずだけど……そうなる前に私が折れると思ってるのかな？

まぁ、普通はお店を一度構えたら、そう簡単には移転できないしねぇ。

でも私の場合、格安でこのお店を手に入れている。

補助制度込みで手に入れたお店だから、売却するとゼロに近いだろうけど、実質的な損失はゲベルクさんたちに支払った改装費用ぐらい。

すぐに別のお店を持つことはできないにしても、頼めば師匠のお店で働かせてもらえると思うし、引き払うこと自体はそう難しくはない。

——義理や人情、その他諸々を考慮しなければ。

「なに、全部差し出せと言うつもりはない。多少は残してやる。儂は慈悲深いからな」

私が沈黙したことに気を良くしたのか、カーク準男爵——いや、糞虫のごとき盗賊は得意満面の笑みで自分の無知を曝け出す。

売り上げの半分も取られたら、王国に対して支払う税金分すら残らない。

当然、店の維持などできない。

売り上げと利益の区別も付いていないのだとすれば、確かにこんな人を交易都市のトップに据えていたら、早晩廃れるよね、絶対。

とはいえ、現時点ではまだ領主。

適当に言いくるめて追い返すか、もしくは……。

「『目撃者ゼロ』、か……」

「ん？」

ポツリと呟いた私を、盗賊が訝しげに見た。

静かに敵の人数を確認。取り巻きは三人。

荒事には慣れていそうだけど、脅威というほどではなさそう。

周囲に他の人影はなし。

――やれる、かな？

半ば覚悟を決めた私だったけど、幸いなことにそれが実行されることはなかった。

「カーク準男爵、なかなか興味深い話をしているようですが、このようなことをしている暇はあるのですか？」

そんな言葉と共に現れたのは、先ほどまで無駄に食料を消費していた殿下だった。

お菓子とお茶の分ぐらいは働いてくれるつもりなのか、私の前に立つと、カーク準男爵に厳しい視線を向ける。

「お前は――」

「あなたには、王領へ無断で軍を入れた疑いが掛かっています」

「なっ――!?」

発言を遮るように殿下が口にした言葉を聞き、カーク準男爵は絶句。

その背後に立つ取り巻きたちも息を呑んで、一歩後ろに下がった。

でもそれも当然だろう。他の貴族の領地ならまだしも、無断で王領に軍を侵入させれば、それは王家に対して弓を引いたに等しく、謀反認定待ったなし。

一族郎党、軒並み死罪になりかねない重罪であり、関係者もまた同様。

取り巻きなんてしていれば、当然の如く連座で斬首である。

しかし、カーク準男爵ってそんなことまでしていたの？

目的自体が不明だけど、それよりも――。

「この近くに、王領なんて……」

「あるでしょう？　すぐ近くに」

そう言いながら殿下は背後を示すが、そこにあるのは私のお店。

確かにこのお店は王国の援助を受けて購入した物だから半分は――いや、九割以上は王国の物と言えなくもないけど、王領というわけでは……あぁ、そっか。

殿下が指さしているのはその更に向こう、大樹海や山脈だ。

代官を置いて統治している直轄地とは異なるため忘れがちだけど、大樹海のような重要な採集地は、その大半が王領となっている。戦略物資でもある錬金素材を一領主が握るのは不都合なため、このような仕組みとなっているらしい。

だから、山にいた私たちに対して兵士を差し向けたカーク準男爵は、『王領に軍事侵攻をした』と見なすこともできる――厳密に言えば、だけど。

実際には、一般的な王領と採集地では意味合いが異なるし、私の知る限り、採集地に軍を入れたことで処罰された事例はない。

「そ、そのようなこと、身に覚えがない！　そもそもお前は何者だ。儂の話に割り込むなど、不敬だぞ‼」

おっと、カーク準男爵はフェリク殿下のお顔を知らないようだ。

以前同様に変装帽子を被(かぶ)っておられるけど、変化するのは髪の色や長さ、瞳の色まで。

顔を知っているなら、しっかり見れば気付ける程度の違いでしかない。

私やアイリスさんならともかく、あなたって、一応は貴族家の当主だよね？

良いの、それで？　不敬と言いながら、とんでもない不敬をしているんだけど。

剣林に裸で飛び込んでるようなもんですよ？

切り裂かれてズタズタになりますよ？

しかし殿下の方は、そんなカーク準男爵を見て、むしろ面白そうに笑みを浮かべた。

「ほう、私の顔を見忘れましたか？」

そう言いながら、ずいっと前に出る殿下。

そして自分に視線が集中すると同時に、芝居がかった大袈裟(おおげさ)な仕草で、やや目深(まぶか)に被った帽子に手を置くと、髪をかき上げるようにして帽子を脱いだ。

——脱いだ？　いや、脱ぐの⁉

私の調合した錬成薬(ポーション)は遅効性。

その上、殿下はまだそれを使っていないわけで。

帽子の下から出てきたのは、以前見た時と変わらないその頭頂部。

図らずも良い感じに差し込んだ太陽の光がそこに反射、キラリと輝く。

そして、完璧なキメ顔。

アイリスさんも耐えられなかったそれを、心構えもなく正面から見た彼らは——。

「「「ぶほっ！」」」

当然のように吹いた。

「不敬罪も追加ですね」

「なっ⁉」

満足そうに頷き、さらりと言った殿下の言葉に、カーク準男爵が再び絶句する。

笑わせに来ておきながら、ちょっと酷い。

既に耐性のあった私は耐えられたけど、普通は無理。

もっとも、アイリスさんは許されているわけで、不敬罪の適用はそれこそ殿下の胸三寸。

カーク準男爵たちだから、特別と言えるかも？

嫌な特別もあったものである。

「後ろの方々のために付け加えておくと、私の名前はフェリク・ラプロシアンです。さすがに理解できますよね？」

ラプロシアンの名を聞き、取り巻きたちの顔から血の気が一気に引いた。

いくら教養がなくとも、大人であれば自分たちの住む国の名前ぐらいは知っているし、その名前を冠する人がどのような血筋か理解できないはずもない。

「カ、カーク様、不敬罪って、どうなるんすか⁉」

「判らん！　だがそれよりも問題は、王領への進軍の方だ！　平民の錬金術師一人殺すのとはわけが違う。王族への謀反は確実に死刑になるぞ‼」

またまた、さらっと犯罪の告白。

焦っているのかもしれないけど、貴族としては迂闊すぎないかな？

王族の前で自白してくれるとか、私としては楽でいいけどさ。

「お、俺たちは大丈夫っすよね⁉　そっちには関わってないっすから！」

「そんなわけあるか！　儂が処刑されるときはお前たちも一蓮托生だ！」

「カーク様の指示に従っただけだろ！」

「散々甘い汁を吸っておきながら、逃れられると思ってるのか！」

醜い仲間割れを始めるカーク準男爵と、取り巻きのチンピラたち。

でも、マディソンたちのように心ならずも従ったならまだしも、自主的に協力していたのなら、しっかりと責任は取ってもらわないと。

……私のお店に手を出した愚か者も含めて、ね。

「こんな田舎村に王族がいるとかおかしいっすよ！」

「そもそも、あんな天辺ハゲの男が王族とかマジかよ⁉」

「あり得ねぇよ！　ハゲだぞ⁉　王子様だぞ！」

頭を抱え、とんでもなく不敬なことを叫んでいる取り巻きたちと、それと一緒に狼狽していたカーク準男爵だったが、急にハッとしたように目を見開き、ニヤリと笑った。

「――そうだ！　こんな田舎に王族がいるはずはない。奴は王族を騙る不届き者に違いない。そうだろう？」

彼の言葉が理解できなかったのだろう。取り巻きたちは一瞬、呆けたような表情を見せたが、すぐに共通認識に達したのか、顔を引き攣らせて笑みを浮かべた。

「えっ？　――そ、そうっすね！　王族なんかここにはいない、そういうことっすね？」

「お、王族が供も連れずに一人で行動するとか、あり得ないよな！」

「お前ら、高い金を払ってやっているんだ。相手はたった二人、しっかりとやれよ！」

後ろに下がったカーク準男爵に背中を押され、取り巻きたちは僅かな躊躇いを見せつつも、武器に手を掛ける。

――それは、さすがにマズいよ⁉

私は慌てて殿下の前に出た。

殿下も武器は持っているけど、一見すると優男風で、その腕前は不明。

弱くはないと思うけど、殿下だけに戦わせるなんてこと、できるはずもない。

王子様に守ってもらうとか、物語(フィクション)であればステキな場面なのかもしれない。

でも、実際にそんなことになればどうなるか。その場は助かっても、後の査問が怖い。

殿下に戦わせて、お前は何をしていたのか――と。

か弱き姫ならそれが許されても、私はそんな立場じゃない。

だから私は前に出る！

明日の自分のために‼

間違っても、決して、何があろうとも、殿下のためじゃない‼

「殿下、お店の中へ。そこなら安全です」

「いえいえ、問題ありませんよ。――これで、王族に対する殺害教唆と殺害未遂も追加できましたし？」

「そんな暢気(のんき)な……」

しかしそんな私の呆(あき)れや気遣いは不要だったらしい。

殿下が軽く右手を挙げ、パチンと指を鳴らす。

その途端、どこからともなく現れる六人の男たち――いや、たぶん男たち？

全身を黒装束で覆い、覆面で顔を隠しているから判らないけど。

そう、さっき取り巻きが言っていた通り、王族が供も付けずに行動するなんてあり得ず、見当たらなくても護衛がいないはずもない。

私もなんとなく気配は感じていたけれど、姿を現すまでは明確には摑めなかったその存在の実力は間違いなく。

ほぼ同時に昏倒させられる取り巻きと、縛り上げられるカーク準男爵。

「なっ⁉　な、ななっ⁉　何が――モガモガ」

一瞬の出来事に何が起きたか理解できず、狼狽するカーク準男爵の口にも猿轡が嵌められ、声を出せなくさせられる。

そんな作業を手早く終えた黒装束たちはその場で跪き、うち一人が前に出て、殿下の指示を待つように頭を垂れた。

堂々と立つ殿下と、その前に跪く彼らはなんか格好いいけど……。

殿下、お願いだから帽子を被って。色々台無しだから。

ギャップ、酷すぎだから。

そんな私の願いが通じたのか、殿下は帽子を被り直しながら指示を与えた。

「連れて行きなさい」

「はっ」

あ、答えた声がちょっと高い。

もしかして女性？　少し小柄に見えるし、身体つきも柔らか？

私がじっと観察しているのを感じたのか、彼女と一瞬だけ目が合ったが、すぐにその姿が薄れて消えていく。縛られた男たちも含めて。

――あぁ、あの黒装束って錬成具だ。

夜ならまだしも、昼間では目立つ黒装束。

それでも隠れていることができたのは、あれの効果か。

もちろん、彼らの実力あってのことだろうけど。

そんな物が与えられていることだけでも、彼らが特別な存在であることが判る。

だってあんな錬成具、一般には流通していないし、私ですら存在を知らないもの。

「さて、スムーズに片づきましたね。協力、感謝します」

「……殿下、あえて挑発しましたね？」

パシと嬉しそうに手を叩く殿下に、私は図らずも胡乱な視線を向けてしまう。

殿下が今日来たのも、無駄に居座っていたのも、カーク準男爵がウチに来ることを知った上で、挑発して罪状を追加したかったのだろう。カーク準男爵の不正の情報やら、証拠やら、色々話させられたけど、それって暇潰し程度にしかなってないですよね？

王族への殺害教唆だけで、その場で手打ちにしても何ら問題ないのだから。

私への迷惑も考えて欲しい！

「挑発、というほどのことでもないと思いますが？　いや、挑発しようとは思っていましたが、するまでもなく暴走したというか……ちょっと予想外でした」

私の内心の憤りを少しは感じ取ってくれたのか、僅かに視線を逸らせる殿下。

ノルドさんが迷惑を掛けたと、迷惑料を払ってくれた殿下だけど、むしろ殿下の方が厄介ですよ？　あらがえない権力を持っている点で。

「そもそも罪状を積み増す必要があったのですか？　私も殿下が仰るまで失念していましたが、王領への侵攻だけで改易には十分でしょうに」

こんな所で面倒、且つ危険（？）なことをしなくても、殿下が軍を率いてサウス・ストラグに赴けば、カーク準男爵を捕らえることなど、さほど難しいことではないだろう。

いくらカーク準男爵でも、王旗を掲げた軍に対して攻撃を加えるようなことは——しないよね？　いや……怪しいかも？

「厳密に言うならそうですが、それは極力避けたかったのです。採集地の周辺領主が、魔物への警戒などに躊躇いが出るようでは困りますから」

「それは……ごもっともです」

錬金術の素材が多く採集できる場所には、大抵の場合、魔物も多く存在している。

そこから魔物が出て周囲に被害を齎すことはさほど多くないが、ヘル・フレイム・グリズリーの狂乱のように、皆無というわけではない。

当然、周辺領主は警戒が必要で、状況次第では軍を派遣して対処しなければいけない。

にも拘わらず、採集地に軍を入れたことで処罰された前例があればどうなるか。

大半の領主は採集地に自軍を入れることを躊躇うだろう。

その結果、被害を受けるのは採集者や周辺の領民である。

「それに軍を動かすと不測の事態もあり得ます。特に、あのカーク準男爵では。領民たちに被害を与えるのは本意ではありません」

軍を動かせば、武力衝突だけではなく、兵士による略奪が発生することもある。

その被害を受けるのは、そこに暮らす平民たち。

軍事行動なんて起こさなくて済むのなら、その方が良いのは私にも理解できる。

「こっちの方がお金も掛かりませんしね」

「とても……賢明なご判断です」

私のお財布とロレアちゃんの胃に、被害を与えていることを考えなければね！

「でしょう？」

殿下のそのドヤ顔に、ちょっとイラッと。

一見付き合いやすそうだけど、笑裏蔵刀だよね、フェリク殿下って。

戴（いただ）く王族としては頼もしいかもしれないけど、あんまり仲良くはなりたくないタイプ。

私はアイリスさんみたいに素直な人が良いよ……。

アイリスさん、ケイトさん、早く帰ってきて！

Episode 4.5
The Aftermath
後始末

サウス・ストラグの領主の屋敷。

主(あるじ)のいなくなったそこは、ひっそりと静まりかえっていた。

大半の使用人には暇(いとま)が出され、今残っているのは最低限の人員のみ。

普通なら家督や財産を狙って押し寄せてきそうな親族や自称親族も、カーク準男爵の罪状から、連座を恐れて近寄ろうともしない。

そんな屋敷の一角、執務室のソファーに一人の老人が静かに腰を下ろしていた。

積年の心労が積み重なってか、酷(ひど)く草臥(くたび)れて見えるその背中。纏(まと)う空気も重苦しく、人を拒絶するものだったが、そんな彼に声を掛けたのは、この状況を作った人物だった。

「クレンシー」

「――っ！　フェリク殿下……ご無沙汰いたしております」

声を掛けられた老人――カーク準男爵家の家令であるクレンシーは背後を振り返り、速やかに立ち上がると、フェリクの前に膝をついて頭を下げた。

「既に知っているとは思いますが、ヨクオ・カーク準男爵は拘束しました。罪状はいくつもありますが……ここに戻ることはもうありません」

はっきりと告げられた言葉に、クレンシーはきつく目を閉じて暫(しば)し沈黙すると、深く重い息を吐き出した。

「……わざわざありがとうございます。カーク準男爵家はどうなりますか？」

「まずは座ってください。あなたのような老人に膝をつかせたままでは、話しづらい」

そう言ってフェリクはソファーを示すが、クレンシーは首を振った。

「いえ、私は処罰を待つ身。どうかこのままで」

「あぁ、それはありません。対象者は自ら悪事に手を染めていた者たちのみ。ヨクオに命じられて行っていたことについては、実行者を処罰することはありません」

サラサに頼まれたこともあり、マディソンたちを罪に問わないと決めた以上、犯罪行為を自主的に行ったかどうかで区別して対象者を分けるしかない。

それに加え、全員処罰しては実務を行う者がいなくなるという現実的な問題もあり、王族の殺害未遂という大事の割に、この件で処罰された人物はさほど多くなかった。

「ご温情、大変ありがたいことですが、私もその対象としてよろしいのですか？　家令としてカーク準男爵家を取り仕切っていた私を」

「あなたはヨクオの無茶な命令を、できるだけ被害が少なくなるよう取り計らってきた。よくやっていたと思いますよ。――座ってください」

再度フェリクに促されたことで、クレンシーが「失礼します」と言ってソファーに腰を下ろすと、フェリクもその前に座り、「さて」と仕切り直した。

「カーク準男爵家については、領地没収の上で降爵、騎士爵家として残す道も模索しましたが……まともな親族がいません。残しても国の益にならない以上、残す意味もありません。ご理解ください」

「いえ、元々大旦那様と旦那様が穎脱にすぎたのです。残る親族の方々では、更に家名を汚すだけに終わるでしょう」

特に酷かったのはヨクオだが、さすがは親族というべきか、残っている者たちも似たり寄ったり。調査結果を聞いたフェリクとしては、この一族から先代、先々代のような傑物が何故輩出されたのかと、不思議に思うほどだった。

もし家が残ったとしても、心を入れ替えて殊勝になることなどほぼ考えられず、かなりの確率で再度問題を起こすであろう。

クレンシーをしても『そのようなことで再び国に迷惑を掛けるのであれば、今回改易された方がマシ』と考えざるを得ず、そのことに再び深くため息をついた。

「今代が平凡でさえあれば良かったのですが……先代の優秀さも、子育てには発揮されなかったようですね」

「町の発展に力を注ぎすぎました。せめて優秀な教育者を付けることができれば良かったのですが、このような地方では……」

「貴族の子供を叱れる教育者は貴重ですからね。幸い私に付けられた教育者は、厳しく叱ってくれましたが。——何度殴られたことか」

フェリクはその時のことを思い出したのか、クツクツと笑う。

「ミリス師ですか。彼女は特殊です。王族に苦言を呈することができる教育者はいても、手を出せる者などどれだけいるか……。当家では望んでも得られぬ師です」

「私に付ける時も随分と渋られたそうですよ？　『不満があるなら、いつでも首にしろ』という台詞を口癖のように仰っていました」

「それでも殿下は、首になさらなかった」

「そんな権限、私にはありませんから。さすがに拳で殴られた時には父に直談判に行きましたが……結果はたんこぶが一つ増えただけでした」

息子の訴えを最後までしっかりと聞いた国王だったが、その上で『お前が悪い』と鉄拳制裁。『もっと学べ』と授業時間を増やされることになった。

「拘束時間が増えたことで機嫌を損ねたミリス師からは、色々と無茶な課題を出されたものです。ですが、それが自身の成長に繋がったことは確かですね」

オフィーリアからすれば、元々乗り気ではなかったフェリクの教育。

少しでも講義にかかる時間を減らそうと、課題という形を取ったのだが、フェリクは不平を口にしつつも、出された課題はしっかり熟した。

それ故、なんだかんだ言いつつも面倒見の良いオフィーリアの負担は減ることなく、結果、優秀な生徒を一人育て上げるだけに終わっていた。

「ミリス様の半分でも優秀な教育係が、当家でも得られれば良かったのですが……。契機は、サラサ様に手を出したことでしょうか？」

「以前、ヨクオが問題を起こした時から注視はしていましたよ？　ロッツェ家の領地に手を出そうとしたことが発端で、サラサさんは要因の一つ、でしょうか。——それなりに重要な、ですが」

フェリクとしては、ロッツェ家の借金問題も苦々しくは思っていたが、貴族家同士の問題に王家が首を突っ込み、一方に肩入れすることはできない。

密かに助言をすることも考えたが、ロッツェ家の陣容でそれを生かせるとも思えず、別の機会を待つしかないと思っていた時に、図らずも割り込んできたのがサラサである。

一体どうなるものかと監視していれば、サラサは自分の持つ知識と技術、そして人脈により借金問題を解決してみせた。

自身が手を出さずともそれを成したサラサを見て、フェリクは考えを変えた。

「そろそろ時期的にも限界かと思いましたので、〝試す〟ことにしました」

「私を王都へお呼びになったのも、その一環ですか」

「それは正しくありませんね。私が呼んだのはサウス・ストラグの責任者です。カーク準男爵本人が来るなら良し。こちらに残った場合でも、自分だけで無難に仕事を熟せるのならそれもまた良し。——残念な結果に終わったわけですが」

〝試す〟と言ったフェリクではあるが、実際にはその時点で、ほぼ完全にヨクオを見限っており、クレンシーを引き離したことは最後の一押しでしかない。

そして案の定、ヨクオはあっさりと羽目を外す。

フェリクが領内で活動していることに、気付くことすらなく。

だが、いきなりサラサを殺そうとするとは、さすがに想定外だった。

国策として増やそうとしている錬金術師、それも優秀な人物に手を出す危険性は、少し考えれば解ること。せいぜい嫌がらせをする程度と思っていたフェリクは、慌てて部下を派遣せざるを得ず、予想外の手間を取られることになった。

「まさかあそこまで愚かとは思いませんでした。私が画策した結果として、サラサさんが命を落とすことになったら、私がミリス師に殺されてしまうところでした」

オフィーリアがサラサを気に入っていることは、フェリクも十分に理解している。

ヨクオに先んじてサラサの所を訪れていたのも、それがあったから。

サラサの実力は知っていたが、戦えるのは彼女一人。周囲に人質になりそうな人が多くいる以上、ヨクオが形振り構わなければ、サラサに危害が及ぶ危険性も考えられた。

さすがに、王族相手に武器を向けるとは思わなかったが。

「私もまさかあそこまでとは……申し訳ございませんでした」

クレンシーは深々と頭を下げると、フェリクを窺うように見る。

「……それで、この町はどうなるのでしょうか？」

「しばらくは代官を置き、直轄地として統治することになるでしょう。その後は……サラサさんに任せるのも面白いかもしれませんね。なかなか優秀ですよ、彼女」

フェリクが微笑みながら口にした、本気とも冗談ともつかないその言葉に、クレンシーは少しだけ目を瞠った。

「錬金術師養成学校の卒業生でしたか？　優秀でも彼女は平民だったはず。殿下の方針には沿っているのでしょうが、急な改革は貴族の反発を招くと思われますが」

「私は何も貴族を排そうとしているわけではありません。もっと真面目に学び、必死になって能力を上げろと言いたいのです。少なくとも、私程度には」

「ははは……ミリス様に扱かれたあなた様ほどとは、厳しいことを仰る」

その『私程度』が、凡人には到底為し得ない努力であることを知るクレンシーは、乾いた笑いを漏らし、首を振った。

「少なくとも努力はできるでしょう？　我が国を弱国とは思いませんが、強国とも言い難い。もっと危機感を持ってもらわねばなりません。それにサラサさんについては、平民を貴族に取り立てるわけではありませんしね。さほど難しいことではありません」

「私の調査では平民だったはずですが……違うのですか？」

「どうもロッツェ家の継嗣と婚約しているようでして。ロッツェ家に入ればサラサさんも貴族、陞爵させてこの町を任せることは可能です」

優秀な錬金術師は、貴族としては是非にでも取り込みたい人材。

クレンシーは『そういうことであれば、十分に婚姻はあり得るだろう』と考え、はたと自身の情報との齟齬に首を捻った。

「確か、ロッツェ家には男児がいなかったと思いますが……？」

「長女のアイリスさんとですよ」

「お、女同士ですか……」

「錬金術師ですしね。跡継ぎができるなら、国としては問題ありません」

禁止こそされていないが、かなり珍しい同性同士の婚姻。クレンシーは戸惑ったように言葉に詰まったが、フェリクは問題ないと首を振り、肩をすくめて言葉を続けた。

「――最低の男を見て、嫌になったのかもしれませんね」

ロッツェ家の事情を思い出し、フェリクはそんなことを呟く。

だが実際、その想像は正しかった。

貴族故に不本意な婚姻も覚悟していたアイリスだったが、その相手がホウ・バール。

性格最悪な上に、結婚してしまえば家を乗っ取られかねない現実。

そんな絶望的な状況のところに現れたのが、サラサである。

ホウ・バールとの結婚を叩き潰し、借金問題を解決し、更には結婚することで家に利益がある相手。有能、且つ性格も悪くない。

ホウ・バールと比べれば、天と地、月と鼈、雪と墨。

そんなサラサであるからして、同性のアイリスでもうっかり惚れてしまう――まで行かずとも、『結婚しようかな？』ぐらいになってしまうのは仕方のないところだろう。

「しかし、少し残念ですね。サラサさんなら私の妻としても良いかと思ったのですが」

フェリクがポツリと漏らした言葉に、クレンシーが目を剝いて身動ぎした。

「なっ⁉　さ、さすがにそれは難しいかと。授爵するよりも反発が大きいでしょう」

「彼女は孤児院出身です。適当な貴族の隠し子にしておけば良いじゃないですか。それに実力も確かです。ミリス師の後押しがあれば不可能ではありません」

『さる貴族の落とし胤（だね）』としたうえで、高位貴族と養子縁組してしまえば、嫁ぐ上での身分の問題はなくなるし、貴族であればそう珍しい話でもない。

だが、それが可能となったところで、むしろ最も嫌がるのはサラサ本人であろう。

素敵な人との結婚を夢見る彼女であるが、それでもフェリクは対象外。

彼と結婚するぐらいなら、確実にアイリスを選ぶ。

そしてそれはフェリクも理解していたようで、苦笑して肩をすくめた。

「ま、実際には無理でしょうが。どうも私、彼女には敬遠されているようで」

「ほぅ、殿下がですか？　女性に好まれる外見をされておりますのに」

「彼女は外見以外を見ているようですね。外見や地位に寄ってくる女性には辟易（へきえき）しますが、本当の私を知った上で受け入れてくれる女性とは出会えない。難しいものです」

何だかそれっぽいことを言っているが、サラサが敬遠しているのはその微妙な陰険さ。

それを知った上で受け入れてくれる女性は、ちょっと貴重すぎるだろう。

それなりに付き合いが長いクレンシーもフェリクの心根は知っていたが、それを直言はせず、言葉を飾る。

「殿下の聡明（そうめい）さは、凡人にはなかなか理解が難しいのですよ」

「ふっ、お世辞は不要ですよ。フフフ」

「いえいえ、本心ですよ。ははは」

嘘くさい表情で、一頻り笑ったフェリクたちだったが、やがて二人してため息をつき、表情を改めた。

「それで、ここの代官に関してですが……」

「はい。最後のご奉公として、赴任されるまでには引き継ぎ資料を揃えておきます」

そう言ってクレンシーは頷いたが、それを制止するようにフェリクは手を上げる。

「いえ。それなのですがクレンシー。あなた、代官になりませんか？」

「わ、私が、ですか？　しかし、カーク準男爵家なき今、私はただの平民です。そんな私が代官になれば、カーク準男爵家のご親族の方々がうるさいと思われますが……」

「官僚には平民もいます。親族の方も、文句を言うような者たちは既に存在していませんので、心配する必要はありません」

「………」

その言葉に含まれる意味にクレンシーは僅かに息を呑み、『そういうところが敬遠されたのでは？』とチラリと思ったが、それを口に出したりはせず、沈黙を守る。

「あなたが断るならば、こちらで選んだ代官を派遣することになります。まともな人物を選ぶつもりですが、どのような施策を講じるかは代官次第です」

暗に施策が変わるかもしれないと告げるフェリクに、クレンシーは目を伏せた。

そんな彼の脳裏に先々代、先代との思い出が過る。小さな宿場町を発展させるため、寝る間も惜しんで共に働き、汗を流して、議論を戦わせた。

ヨクオとの記憶が既に色褪せたものであるのに比べ、それのなんと鮮やかなことか。

そうやって作り上げてきたサウス・ストラグが、自分たちが理想としたものとは変わってしまうかもしれない。

そのことを突きつけられた今、クレンシーに選択の余地はなかった。

「代官、引き受けてくれますか？」

「……謹んでお受け致します」

再度確認したフェリクに、深々と頭を垂れた彼の目尻から静かに涙がこぼれた。

Epilogue

エピローグ

カーク準男爵が捕らえられて三週間あまり。

タイミングの良さを持たないアイリスさんたちが、ようやく帰ってきた。

「「おかえりなさい」」

私とロレアちゃんで出迎えた二人の顔には疲労の色も窺えたが、色々と懸案事項が片付いたからか、それ以上にホッとしたような笑みが浮かんでいた。

「ただいま、二人とも！　やっと帰ってこられたぞ！」

「お待たせ。大変なときに一緒にいられなくて、ごめんなさい」

「まったくですよ～。いて欲しいときにいてくれないんですから。婚約者としては減点です。おかげで私は、一人で殿下に対応することになったんですよ？」

私が冗談っぽくそんなことを言えば、アイリスさんは晴れがましく笑う。

「うむ、それは申し訳なかった。だが、私がいても力にはなれなかったと思う！」

「とか言って、アイリスさん。帰ってこなくて良かった、とか思ってません？」

「……そんなことないぞ？　ちっとも、全然」

とても判（わか）りやすいその反応に、思わず笑みがこぼれる。

うん。やっぱ、フェリク殿下なんかより、アイリスさんだよね。

「ま、仕方ないですね。私の方は特に被害もなかったですし。ねぇ、ロレアちゃん」

そう同意を求めた私に対し、ロレアちゃんから返ってきたのは肯定ではなく、ジト目。

口を尖らせて、私の脇腹をツンツンと突く。

「……私の胃は大きな被害を受けましたよ？　王族の方に自作のお菓子をお出しするなんて、ここに就職して最も理不尽なお仕事でした」

「なぬっ⁉　もしかしてフェリク殿下にロレアのお菓子をお出ししたのか？」

驚きに目を丸くしたアイリスさんに、私は深く頷く。

「えぇ、露骨に要求されまして。さすがは王族、理不尽ですね」

「で、その理不尽さを私に押しつけたんですよね、サラサさんは」

「だ、大丈夫だよ、殿下にも大好評だったから！」

たぶん。自信はないけど。

文句は言われなかったから、問題なし、だよね？

美味しいとも言っていたし……ちょっぴり言わせた感はあるけれど。

「それに、処罰されるときは私も一緒だからね！」

少し誤魔化すように私が抱きつけば、ロレアちゃんは口元をもにょもにょさせて、私の背中をポンポンと叩いた。

「もう……いいですよ、直接応対したサラサさんの方が大変だったと思いますし」

「解ってくれる⁉　あの人、物腰は柔らかだけど、なんかアレなの！　底意をはかりかねるというか……超貴族って感じなの！　王族だけに‼」

私の知る貴族の大半が錬金術師養成学校にいた人たち――つまり、成人前の子供だったことも一因だろうけど、あそこまで読みづらい人にはこれまで会ったことがない。

表に出ている感情、読めた考えが正しいのかもよく判らないし、何というか、とても付き合いづらそうな人。取りあえず、近くにいて欲しい人じゃない。

あんな人とのお付き合いは、かなりの距離を取って行いたい。

「……まぁ、もう関わることもないと思うけど」

身分差を考えれば、今回が例外。今後、私と殿下が関わることなどまずないと、首を振った私に、ケイトさんが意味ありげな視線を向けた。

「どうかしらねぇ？　あの人、オフィーリア様とも関わりがあるんでしょ？　このまま縁がなくなるなんて、楽観的すぎると思うけど？」

「不吉なこと、言わないでくださいよ、ケイトさん！　そもそもそうなったら、アイリスさんは当然として、ケイトさんも一蓮托生ですからね？」

私が指摘すると、ケイトさんは苦いものでも飲んだかのように顔を顰め、額を押さえた。

「そうだったわ……。そうね、関わることはないわ。すべて忘れましょう」

「はい、そうしましょう」

私とケイトさんは顔を見合わせて頷き合い、ロレアちゃんの「無駄な抵抗だと思いますけどね」という言葉はさらりと聞き流した。


旅の疲れが見えたアイリスさんたちには、ひとまず休んでもらい、夕食時。ロレアちゃんが作ってくれた少し手間のかかった料理を、久しぶりに私たちは四人で囲んでいた。

ここしばらく二人だけで寂しかった食卓が元通りになり、ロレアちゃんの笑顔もいつもより明るく見える。

「では改めて、お疲れさまでした」

「ありがとう。こうやって迎えてもらえると、『帰ってきた！』という気がするな」

「ええ、もうすっかり帰るべき家よね」

「私の家をそう思ってくれるなら、嬉しいです。――私もここで暮らした時間はアイリスさんたちとあんまり変わらないんですけどね」

両親が生きていた頃は町を転々としていたし、最後に暮らした家も既に人手に渡った。

学校の寮は完全に借家で、孤児院も自分の家とはちょっと違って……既に出た実家、いや、親しい親戚の家、みたいな感じなのかな?

それらに比べると、ここでの暮らしは、まだ一年足らずと短い。

それでもこの家が落ち着くのは、自分の持ち家ということもあるんだろうけど――。

「……ロレアちゃんの美味しい料理があるからかな?」

「え、何がですか?」

「ここが〝自分の家〟と感じられる理由だよ」

家には安全性と快適さも必要だけど、仕事が終われば、温かくて美味しい料理が待っているという、癒やしも重要。

ここにいてホッとできる理由の一つは、確実にロレアちゃんがいるからだよね。

「ふむ、知っているぞ。これが〝胃袋を摑まれた〟というやつだな!」

「え、私、摑んじゃってますか?」

「うーん、否定はできない?」

コテンと首を傾げてこちらを見るロレアちゃんに、私は曖昧に頷く。

本来の意味とは微妙に違うと思うけど、やっぱり美味しいもの。

私が適当に作る手抜き料理とは、比較にならないほどに。

「食事なんて、お腹が膨れれば良いかなって思ってたけど、毎日美味しいものを食べてたら……贅沢になっちゃうね」

たまに美味しいものを食べられれば、普段は質素でも構わない。

ロレアちゃんが来るまでは、そう思ってたんだけどね。

「やはり、お母様の言ったことは正しかったということか」

「アイリスも危機感を持って、店長さんに捨てられないように頑張らないと」

いや、捨てるも何も——あ、一応婚約していることになっているから、結婚しなかったら、捨てられたことになるのかな？

でも、貴族のアイリスさんと平民の私。客観的には私が捨てられたことになるよね。

「いや、それは……そう、私は貴族の令嬢だからな。自ら料理をする必要はないのだ」

「都合の良いときだけ『貴族の令嬢』にならない。奥様からはちゃんと習ったでしょ？料理人を雇うような余裕なんてないから、って」

「そこは適材適所だな。料理に関してはケイトに任せる。なんと言っても、セット販売だからな、私たちは」

ドヤ顔で胸を張るアイリスさん。

確かにそんなことを言っていた気もするけど、特売品みたいな……。

しかも、それでドヤ顔しちゃダメじゃないかな？

「うっ。それ、有効だったのね。……私もロレアちゃんには勝てそうにないんだけど」

「さすがに料理だけで、結婚相手を決めたりしませんよ」

二人の言葉に、私は「ふぅ」とため息。

まるで胃袋を摑めば私が結婚を決める、みたいな言い方はどうなのかな？

――あ、でもロレアちゃんの料理って、美味しいだけじゃないんだよねぇ。

私の手抜き料理よりずっと美味しいのに、掛かるコストは同じか安いぐらい。

ある意味、摑まれたのは胃袋じゃなく、お財布と言えるかも。

遣り繰り上手って、良い奥さんの必須技能だよね？

錬金術師なんて基本浪費家だし、家計を安心して任せられるのはとってもありがたい。

「……店長殿、今、迷わなかったか？」

「そんなこと、ないですよ？　それより、アイリスさんたちの方は結局、どうなったんですか？　マディソンたちのこととか。一応、連絡はしましたけど……」

「ふむ。まぁ、私と店長殿の結婚は決まったようなものだからな。報告を優先しよう」

「えっ……？」

ちょっと待って。それ、初耳。

婚約については承知してるけど、結婚はまだ決まってないよねっ⁉

だが、そんな私の戸惑いはスルーされ、アイリスさんは「ケイト、頼む」と報告を丸投げ。ケイトさんは苦笑しつつも話し始めた。

「そうね、ロッツェ領までの移動は特に問題なかったわ。家の準備も進んでいたしね」

雪中行軍ができるほどに鍛えられているマディソンたちでも、テント暮らしでの冬越しはさすがに厳しいし、彼らの家族は言うまでもない。

それを解っているアデルバート様は村人に声を掛け、総出で家造りに取り組んだ。

マディソンたちが到着したのはそんな頃。

自分たちのためにそこまでしてくれる領主と、それに快く応じる村人たちに感動した彼らはすぐにそこに加わり、家造りを手伝い始めた。

「その間、私は開墾作業。手作業よりは圧倒的に楽でも、慣れない魔法だからね。四苦八苦しながら頑張ってたの。春には種を蒔けるようにしたかったから。……そこに届いたのが、カーク準男爵捕縛の一報」

「それは……タイミングが悪かったですか？」

アイリスさんだけじゃなく、私もタイミングに恵まれてない？

「どうかしら。結論から言えば、マディソンたちは全員、移住を選択したわけだし……」

捕縛の情報を受け、当初は『もしかしたら帰れるか？』とも期待したマディソンたちだったが、状況はそう単純ではなかった。

捕縛の情報が正しくても、カーク準男爵が失脚するかは不明。

仮に失脚したとしても、その後の町の統治がどうなるかも不明。

傍から見ればカーク準男爵の私兵と見なされる、マディソンたちの立場も微妙。

フェリク殿下は処罰しないと明言されたが、その範囲は不明確で、マディソンたちが助かったとしても、他の兵士たちはどうなるのか。

それらの兵士たちが処罰された場合、無事だったマディソンたちはそれらの兵士やその家族たちからどう見られるか。

アデルバート様は、サウス・ストラグに戻ることも認めると言ったそうだが、ロッツェ領の人たちの温かさに触れたことや、マリスさん——正確に言うならレオノーラさんの動きが速く、家族が移住する手配を進めていたこともあり、最終的に彼らは、家族を含めてロッツェ領への移住を選択したらしい。

「住人が増えたことは嬉しいのだが……なかなかに大変だったなぁ」

「ええ、マディソンたちと違って、家族たちは旅慣れない一般人だから」

「まぁ、自分たちで家族の面倒を見てくれるから、まだマシだったがな」

当初想定していた夜逃げにこそならなかったものの、旅慣れない女性や子供を連れて、しかも寒い冬場の移動には苦労したようで、二人は顔を見合わせて苦笑する。

アイリスさんとケイトさんに加え、アデルバート様まで同行したそうだが、マディソンたちが兵士でなければ、別途護衛を雇う必要があっただろう。

「ほへー、大変だったんですねぇ。私は旅をしたこと、ないですが……」

話を聞いていたロレアちゃんがしみじみと呟くが、アイリスさんは朗らかに笑った。

「なに、領地発展のためと思えば、どうということはない」

「図らずも鍛えられた兵士が手に入ったわけだしね。危険な害獣が出る度にアデルバート様が出る必要がなくなりそうで、父も喜んでたわ」

これまでまともな兵士がいなかったロッツェ領。

今回のことを好機と捉え、マディソンたちを半農半軍ぐらいの扱いで雇う予定らしい。

しかし、ケイトの言葉を聞いたアイリスさんは、困ったように眉根を下げた。

「……いや、お父様はそれと関係なく出て行きそうなんだが」

「………そこは奥様に期待しましょ。理由がなくなれば止めてくださるわ。きっと」

しばらく沈黙してしまったケイトさんだったが、儚い希望に縋るようにそう言うと、「店長さんの方はどうだったの？」と私を見た。

「私の方は、あまり話すこともないんですよね」

発毛剤を受け取りに来たフェリク殿下に対し、カーク準男爵が勝手に暴発。

そしたら殿下が速やかに捕まえて連れて行った。

簡単に言えばそれだけ。

たぶん私、カーク準男爵を誘き寄せるための餌にされてたよね？

暴発の原因も殿下に対する不敬罪が一番だと思うし、王領へ軍を侵入させたことも、私やアイリスさんへの殺害未遂も、なかったことになっているだろう。

「微妙に釈然としないところはありますが……サウス・ストラグも落ち着いているようですし、上手く処理されたんでしょうね、殿下が」

昨日、レオノーラさんに連絡を取ってみたところ、さほど大きな混乱もなく、カーク準男爵家は排除され、町は平常通りに運営されているらしい。

「でも、これで安全になったのなら良いんじゃないですか？　私も安心できますし」

「……そうだよね。迷惑料も貰えたしね。それも結構な額を！　だから――」

そこで私は言葉を区切り、三人を見回す。

そして、じっくりとため、ババンとぶち上げた。

「なんと、今回はついに黒字です！　それも、大幅な！」

「やりましたね！」

「ほー」

「へー」

「……なんか、反応が薄いですね？」

笑顔でパチパチと手を叩いてくれているロレアちゃん以外。

ほらほら、二人もロレアちゃんを見習って良いんですよ？

私を持ち上げてくれても良いんですよ？

『店長殿、スゴイ！』とか言ってくれても良いんですよ？

そんな私の視線を受けたアイリスさんとケイトさんは、微妙な表情で顔を見合わせる。

「いや、だって、店長殿はなんだかんだ言いつつ、毎回利益を出しているよな？」

「そうよね。大きな仕事を請ける度に、借金が増えている気がする私たちと違って」

「え、そんなことは――」

反論しようと口を開いた私は、一応とばかりに頭を捻り、記憶を辿る。

この村に来て最初の大きな事件、ヘル・フレイム・グリズリーの狂乱。

あの時はヘル・フレイム・グリズリーの素材で多少の利益は出たけれど、アイリスさんに使った錬成薬の値段を考えると、完全にマイナス。

次はあれかな？　氷牙コウモリの牙、買い占め事件。

あれにもカーク準男爵が絡(から)んでいたみたいだから、私とカーク準男爵との因縁が生まれた面倒な事件とも言える。

あの時は一時的に倉庫にお金が唸(うな)っていたけど、その大半はヨク・バールに借金漬けにされていた錬金術師の救済と、宿屋の新館を建てるのに投資したから、手元に残ったのはそんなに多くない。ちょこっとプラス。

その次はアイリスさんの婚姻騒動。

サラマンダーを斃(たお)して大金を手に入れたような気もするけど、大半は借金の返済に使ったし、事前準備にかなりのお金を使っているので、トータルとしてはプラマイゼロ。

直近ではノルドさん。この件は完全に大幅なマイナス。

救出に使った錬成具(アーティファクト)やアイリスさんたちの命を繋(つな)いだ緊急パックの代金は多少補填してもらったけど、そこに至るまでに試作した多くの錬成具(アーティファクト)は完全に持ち出し。

私自身が借金を抱えることになってしまった、悲しい事件である。

まぁ、緊急パックに入れていた物の大半は不良在庫だし、試作した錬成具(アーティファクト)も錬金術大全に載っている物だから、どうせ近いうちに作らないといけない物だったんだけど。

だから実は、そんなに損をしているわけではない。

他のお金に関しても、一応は貸し出しで、回収できるかもしれないから……。

おや？　マイナスが多いと思ったけど、私って実は商売上手？

「――ま、まぁ、そういう見方もありますね。手持ちの現金は少ないですが」

「だよな？　借金を返せていない私たちが言うのも何だが」

「ごめんなさい、店長さん。秋の収穫は例年通りだったけど、現金が入るのはしばらく先になるわ。現物で良ければ、すぐに渡せるけど……」

「いえ、構いませんよ。大量の麦を貰っても困りますし」

申し訳なさそうな二人に、私は首を振る。

――ちなみにだけど、ロッツェ家の借金はちゃんと減っている。

お仕事を手伝ってもらう度に、アイリスさんたちには相場以上の報酬を払ってるから。

タダ働きをさせているわけじゃなく、借金の額が大きすぎるだけなのだ。

アイリスさんを助けた錬成薬（ポーション）だけではなく、婚姻騒動の時には、ロッツェ家の抱える借金を全部私が立て替えたから、その分もドカッと上乗せになってるからねぇ。

「でも、今回の迷惑料は正直、助かりました。納税の目処（めど）が立ちましたから」

手元に現金が残っていなくても、売り上げ自体はしっかりと立っているのだ。

先日、軽く計算してみたところ、納税額はかなりのものだった。

申告場所が王都であるという地理的制限もあって、申告の猶予期間は長いけど、すぐにお金が入る予定もなく、今回の件がなければ支払いに苦労していたかもしれない。

「ふむ、それもフェリク殿下のおかげというわけか」

「苦労することなく、カーク準男爵も排除できたわけだしね」

「……そう、ですね」

借金せずに済んだのは事実ではあるけれど、素直に感謝はしづらい。

『ノルドさんを唆した疑惑』もあるだけに。

何というか、フェリク殿下って、貴公子然とした外見（期間限定休業中）の割に、『素敵‼』って気分にはなれないんだよね――生理的に。

「……フェリク殿下といえば、サウス・ストラグで不可解な噂を耳にしたな」

ふと思い出したように、アイリスさんが言葉を漏らす。

それを聞いたケイトさんは、目を瞬かせ、苦笑と共に首を振った。

「あぁ、あれ？　――あれはさすがに嘘でしょ」

「フェリク殿下に関する噂、ですか？」

もしかして、天辺ハゲということがバレたとか？

あぁ、でもアイリスさんたちは知ってるから、『嘘』ってことはないか。

それに渡したお薬を使っていれば、既に治っているはずだし。

「いやな？　フェリク殿下と店長殿が結婚するという噂があってな？」

「……はい？」

私とロレアちゃんの声が重なる。

え、いや、待って。

どこからそんな話が？　全然、全っ然、脈絡がないですよ？

「正確には、若く有能な錬金術師とフェリク殿下が結婚する、という噂ね。それで、この近辺でその条件に当てはまるのが店長さんってことで、名前が出たって感じかな？」

「それなりに有名になっていたんだな、店長殿も。――言っておくが、私が名前を出したわけじゃないからな？」

「サラサさん、いつの間にそんなことに？　二人っきりでいた時、何か……」

「ないから！　何もないから‼」

不安げな視線を向けてくるロレアちゃんに、私は慌てて強く首を振った。

「それに、マリスさんって可能性もありますよ？　彼女、貴族だし、私よりずっと――」

「有能？　マリスが？　失敗して借金を抱えてる彼女が？」

「技術はあるかもしれないけど……。ちなみに、まったく名前は出てなかったわ」

「……」

うん、確かに私も、それはないかな、と思ってしまった。

「でも、私と殿下の結婚なんてあり得ませんし、全然嬉しくありません！」

あんな人と結婚したら、毎日精神力がガリガリと削られるよ！

殿下と結婚するなら、アイリスさんと結婚する方が何倍も良いよ！

少なくとも、家庭内で精神的に疲れる、なんてことはなさそうだもん。

「大丈夫だ。しっかりと否定しておいたからな」

「ありがとうございます！ 助かりました‼」

あの殿下と結婚なんて、絶対にない。

仮に身分が釣り合っていたとしても、ない。

白馬の王子様なんて、私には必要ない。

私がホッと胸を撫で下ろし、アイリスさんにお礼を言うと、アイリスさんはニコリと笑って力強く頷いた。

「うむ。しっかりと、店長殿と結婚するのは私だと主張しておいた」

「……へぅ？」

いや、確かに婚約者だけど！

「大丈夫よ、店長さん。婚姻届は出していないから。……まだ」

「まだ⁉」

「いえ、一応は作っておいたのよ。もしも店長さんがカーク準男爵に手を出していた場合に備え、日付を適当に改竄した物を」

「店長殿なら場合によっては殺りかねない、と思ったからな」

「……………」

『目撃者ゼロ』を本気で考えていただけに、否定ができない。

もしあの時、フェリク殿下が出てこなければ、あり得たかもしれない未来。

ぐぅ……フェリク殿下、良い仕事してるじゃないか。

あの芝居がかった、タイミングを計ったような登場はどうかと思うけど。

「こんな地方だと、王都に書類が届くまでには時間がかかるのが普通じゃない？　いざとなれば、店長さんに転送してもらえば、なんとかなるかもと思って」

確かに私が転送陣で王都に送り、師匠にでも提出してもらえば、多少日付を遡っていたところで誤魔化せるだろう。

貴族の地位が正式に認められるのは受理されてからだけど、婚姻の決定権は当主にあり、余程大物の横槍でも入らない限り、提出した物が拒否されることはまずない。

「ついでにいえば、家督を譲る申請もな。店長殿がロッツェ家の当主であれば、騎士爵と準男爵の争い。相手に非があれば、比較的穏便に済ませられる」

「そこまで⁉　……うぅ」

そんな覚悟までされていては、何も言えない。

いや、むしろお礼を言うべきかも？

「むむぅ……あ、ありが――」

「そうか！　了承してくれるか！　では早速、転送してくれるか？　いやー、折角作った書類が無駄にならなくて良かった！」

私の言葉に被せるように言ったアイリスさんが取り出したのは、書類一式。

テーブルの上に並べられた書類は、きちんとした書式に則り作成された正式な物で、アデルバート様やアイリスさんは既に署名済み。あとは私が署名をするだけで完成するようになっていた――そう、婚姻届の書類が。

「いや、何でですか！　何で持ってきているんですか⁉　そこは『使わずに済んで良かったね』じゃないんですか⁉」

「うむ、私もそのつもりだったのだが……」

気まずそうに視線を逸らしたアイリスさんをフォローするように、ケイトさんが苦笑して口を開いた。

「それがね？　帰った時に奥様から発破を掛けられたのよ。『採集者を続けるつもりなら、サラサさんをしっかりと捕まえておきなさい。あなたは年齢的に、普通の結婚をするのは難しいんだから』って」

「ほ、ほら、私ももう二〇だろう？　貴族の令嬢としては厳しい年齢になっているし、美女というわけじゃない。爵位も高くないから、借金を代わりにポンと返してくれるような都合の良い婿を見つけるのは難しいんだ」

貴族の令嬢ともなると、成人と同時に結婚する人も多く、二〇ともなれば行き遅れと言われかねない年齢である。

アイリスさんは十分に美人だし、社交界に出れば引く手数多なんじゃないかと思うけど、容姿だけでは決まらないのが貴族の結婚。

借金を返せるような結婚相手は、都合の悪い婿ばかりだろう。

「領地のことを考えれば、今採集者を止めるわけにはいかないし……。解るだろう？」

両手をパタパタしながら、焦ったようにそんな解説をするアイリスさんを眺めながら、私は「むむっ」と唸る。

そんな私にダメ押しするように、ケイトさんも言葉を重ねる。

「それに今回はなんとかなったけど、貴族関係のトラブルを考えたら、地位があった方が便利でしょ？」

「そ、そんな頻繁にトラブルは起きませんよ！　……きっと」

「そうかしら？　一年足らずでカーク準男爵と争いになったし、フェリク殿下との関わりまでできて……。ここだけの話、フェリク殿下って疫病神（やくびょうがみ）っぽくない？」

事実を言っちゃったよ⁉

私でも考えるだけで、口にしなかったのに！

「だから、ここにサインしちゃった方が安心だと思うわよ？」

「さらさらっと書くだけだぞ？」

「うぐ……ロ、ロレアちゃんはどう思う？」

なかなか否定しづらい理由を並べられ、私は思わずロレアちゃんに助けを求める。

だがロレアちゃんはコテンと首を傾（かし）げて、にっこりと微笑（ほほえ）んだ。

「えっと……良いんじゃないでしょうか？」

「ロ、ロレアちゃん⁉」

はしごを蹴っ飛ばされたよ⁉

この前、防波堤になってくれたロレアちゃんは、どこに行っちゃったの？

「だって、その方が安全なんですよね？　結婚しても、これまで通りここでお店を続けられるみたいですし、私は別に……」

「ケイトさん⁉」

事前に根回ししたでしょ⁉　と、視線を向ければ、ケイトさんはスッと目を逸らす。

以前、話が棚上げになった後、こっそりと説得していたに違いない。

ぐぬぬ……確かに、今の生活に変化がないのなら、ロレアちゃんには強く反対する理由もなくなるよねっ。

「それに、私もアイリスさんたちのことは好きですし。みんな一緒にいられるなら」

「あら、嬉しいわ。私もよ、ロレアちゃん」

「うむ、私もロレアのことは好きだぞ！　さぁ、店長殿。サインを！」

ずいずいと書類を押してくるアイリスさんと、いつの間にやら用意したペンをぐいぐいと突き出してくるケイトさん。

そしてそんな二人と私を見ながら、のんびりとお茶を飲んでいるロレアちゃん。

そんな彼女たちから目を逸らすように私は天井を見上げ、ペンを取るべきか、頭を悩ませるのだった。

あとがき

お久しぶりです。いつきみずほです。
まさか、このシリーズで再びお目にかかれるとは……正直、私も予想外です。
更に予想外なのはアニメ化です。そう、アニメ化。この作品がアニメになるんです。
最初にご連絡を頂いた時は、私も手の舞い足の踏む所を知らず——いえ、踊ってません
けどね。運動不足なので、そんなことしたら動けなくなります。
そもそも最初の感想、「おや？　エイプリルフールはもう少し先ですよ？」でしたし。
でも大丈夫、冗談じゃなかったようです。凄いですよね。驚きです。読者様も驚いたか
もしれませんが、一番驚いたのは、たぶん私だと思います。
しかしそのおかげで五巻を出すことができました。ありがたいことです。アニメ化で本
も売れてくれれば、もしかすると六巻も？　そんな夢想をしてしまいます。
さて、アニメ化となると、「良いようにしてつかーさい」とはいかず、原作者も色々と

やることがあるようです。この本もその一環ですが、あの頃はこの本と同時発売される新作（そっちもよろしくお願い致します）などにも手を付けていたわけで……おぅふ。

変な声が出てしまいますね。

でも、初めての経験、楽しんでやらせてもらっています。美術設定を確認して意見を言わせて頂いたり、声優さんの音声サンプルを聞いて「この人の声が良い！」と言ってみたり。ちなみに私、声優さんには詳しくないので、候補者については完全お任せなのですが、いずれのキャラもイメージに合った人たちを選んで頂けたのではないかと思います。


それらの確認作業の他に、毎週あるのが本読みです。

コミカライズだと、出来上がったネームを「うむうむ♪」と読んで、「いいね！」と言っておけば（いえ、たまには直してもらうこともありますが）良いのですが、アニメはそうでもないようで。各話のプロットから結構関わらせて頂いています。

基本的には意見を言うだけの簡単なお仕事、なんですけどね。

いろんな意見を纏めて、短期間で脚本にしてくださるライターの皆さん、ホント、お疲れさまです！　原作をちゃんと読み込んでくれていて、頭が下がる思いです。

しかし、こんなご時世ではありますが、不幸中の幸いだったのは、ウェブ会議が一般的になっていたことでしょうか。それがなければ、地方在住の私はとてもじゃないですが毎回参加することなんてできませんから。

ただ申し訳ないのは、私のＰＣにはカメラが付いていないこと。

そのせいで私は毎回『ＳＯＵＮＤ　ＯＮＬＹ』。くっ、せめてモノリスでも表示させることができれば雰囲気が変わって——はい、意味ないですね。

あとはプロモーション的なＳＳなんかを書いたりするお仕事もあるようです。

その第一弾として、この本と前後して発売されるドラゴンマガジンに、この作品のＳＳが掲載されています。たぶん他では書くことのないＩＦストーリー、学園パロディとなっていますので、よろしければ読んでみてください。なお、第二弾があるのかどうかは判(わか)りません。でも、頑張ってネタは考えておこうと思います。お仕事が重なってると、「ピンチはチャンス！」、じゃなくて、「ピンチが大ピンチ！」になるだけなので。ええ。

さて、今回のあとがき四ページです。紙幅に余裕があるので少し裏話（？）でも。

ウェブ版をお読み頂いていた方はご存じかと思いますが、アイリスは元々金髪という設定でした。しかし、書籍版は紺色に変わっています。

何故(なぜ)そうなったかと言えば、当時の担当編集さんのお言葉から。

曰(いわ)く、「キャラの髪の色は差があった方が良いです！　アニメ化したときとか！」。

それに私は「そうなんですか？　それじゃ、変えましょう」と応じたのですが、正直なところ『アニメ化、したら嬉(うれ)しいけど、さすがに……ねぇ？』だったのですが……まさか活(い)かされる日が来ようとは。驚天動地です。

――いえ、口絵の段階で、十分に活かされてますけどね？

ふーみさん、いつも素敵なカラーイラスト、ありがとうございます。

また、いつも本作りにご尽力頂いている編集部や校正、印刷会社など関係者の方々に加え、更に今回はアニメの制作に関わってくださっている多くの方々、皆様の助けがあって物語は完成しております。改めまして、この場を借りてお礼申し上げます。

アニメの制作はまだまだ続くと思われますが、今後ともよろしくお願い致します。

そして、この本をご購入頂いた読者の皆様、いつもありがとうございます。

アニメの放送まではまだしばらく間がありますが、きっと良い物になると思いますので、その際は是非ご覧頂けますと幸いです。

いつきみずほ

Special Short Story

Let's Visit the Lotze!

［書きおろし特別ショート・ストーリー］
ロッツェ家へ行こう！

村の雪が解け、寒さも緩み始めた頃、私とアイリスさん、それにケイトさんは、ロッツェ家を訪問すべく、準備に追われていた。

その目的の一つは、開墾のお手伝い。

今回の件では、ロッツェ家に結構な負担を強いている。

その原因が私なのか、それともロッツェ家の事情にあるのかは微妙なところだけど、少しでも負担を軽くすべく、耕作地を増やすお手伝いぐらいは、と私から提案した。

幸い、土地だけは余っているみたいだからね。

ケイトさんも頑張ったそうだけど、やはり私とは魔力量も違うし、私が作った薬草畑みたいにはならなかった、って言っていたから。

二つ目の目的は、アイリスさんやケイトさんの家族にも挨拶すること。

こっちはついでだけど、アイリスさんのお母さんやケイトさんのお父さん、そして、アイリスさんが『凄く可愛いんだ!』と強調する二人の妹。

『身内なのに、ちょっと褒めすぎじゃないかな?』とも思うけど、そこまで言われたら会ってみたくなるよね?

アイリスさんを見るに、外見は間違いなく可愛いと思うし。

——アデルバート様似という悲劇が起こっていない限り。

問題は私が何日もお店を空けることだけど、それについては当てがある——というより、当てがあるから、今回の旅を決定したと言っても過言ではない。

その当てというのは——。

「それじゃ、マリスさん、よろしくお願いしますね？」

「ええ、大船に乗ったつもりでお任せ！　ですわ！」

そう、マリスさん。レオノーラさんから彼女を借り受けたのだ。

「——ロレアちゃん、お店は任せたからね？　店長代理として頑張って！」

マリスさんはすっごい笑顔で胸を張るけど……私は泥船に乗るつもりはない。

飽くまでマリスさんはサポート、ロレアちゃんが主体である。

しかしロレアちゃんは少し戸惑ったように、マリスさんは意外そうに首を傾げた。

「わ、私ですか？」

「あら？　代理というなら、正式な錬金術師であるわたくしじゃありませんの？」

「そうだね！　もしもマリスさんが、自分のお店を潰してなければね！」

錬金術の知識という点ではマリスさんが上だろうけど、お金の管理という信頼面では、ロレアちゃんに軍配が上がる。

私がビシリと指摘すると、自分でもそれは理解しているのか、マリスさんの目が泳ぐ。

そんな彼女にため息をつきつつ、私は言葉を続ける。

「買い取った素材は使って良いですし、工房の使用も認めますが、倉庫の素材には手を付けないでくださいね？　見たら判(わか)ると思いますが、凄く高価な物もありますから」

「凄く高価な素材……興味ありますわ！」

言った傍(そば)から目を輝かせるマリスさん。不安しか感じない。

「……ロレアちゃん、いざとなったら、クルミを使ってでも止めてね？」

「死んでしまいますわ!?　心配しなくても、他人(ひと)のお店で無茶はしませんわ？」

「それを信じられたら良かったんですが……」

一回だけならまだしも、再度やらかしてレオノーラさんに保護されたマリスさん。

信用度なんてゼロですよ？　分別を期待して良いのかな？

「だが店長殿、マリスもエリートたる錬金術師だ。言ったことぐらいは守るだろう？」

「……そうですね、信用できますよね。最終防壁(ロレアちゃんとクルミ)もありますし」

「全！　然！　信用されてませんわ……」

そこは諦めて。過去の実績によるものと。

不満げなマリスさんを苦笑しながら見ていると、ケイトさんが私を促す。

「店長さん、そろそろ行きましょうか」

「ですね。じゃ、行ってくるね？」

「いってらっしゃい！　お気を付けて」

「あとのことは、このわたくしにお任せですわ～」

ロレアちゃんの頼もしい元気な声と、マリスさんの緩くて頼りない声に見送られ。

私たちは朝の清々しい空気の中、ヨック村を出発した。


「さて、店長殿。ロッツェ領に行くには二通りの道があるのだが……どちらが良い？」

アイリスさんがそんなことを言ったのは、村を出てからいくらも歩かない頃だった。

「二通りって……この辺り、他に道なんてありました？　一度サウス・ストラグに行って、そこから南下する道だけじゃ？」

「普通はそうなんだけど、一応、山越えでほぼ直進できる道があるのよ。そこを通れば一泊二日ぐらいで着くそうだけど……」

「え？　なんか凄く近いですね？」

当初の予定は四泊五日。短縮の割合が凄い。

「それに比例して険しさもアップ、だけどな。予定通りの道ならほぼ平地だが、そちらを通るとほぼ山道らしい。まぁ、店長殿ならどうということもないと思うが」

「近い方にしましょう。あまり長期間、お店を空けたくないですし」

往復で六日も節約できるなら、即決するしかないよね？

「マリスを信用してやっても良いとは思うが？」

「いえ、それなりに信用してますよ？　ただ、もう少しすると税の申告に王都に行かないといけませんから。マリスさんにはそのときにも留守番をお願いするつもりですし」

「そういえば、そんなことを言っていたな。それは国のどこに店を構えていても、本人が王都まで出向く必要があるのか？　かなり大変そうだが……」

「基本的にはそうですね。信頼できる人に書類とお金を預けて申告を任せる方法もありますが、かなりの大金になりますし、内容について問われた際、それに答えられる人となると、本人かお店で働いている弟子ぐらいになりますから」

申告に慣れてくればミスもなくなるので、人に任せてもなんとかなるみたいだけど、今回が初めての私は、自分で行くつもり。孤児院の方にも顔を出しておきたいしね。

「もっとも、私より大変な場所に店を構えている人は、ほとんどいないと思いますけど」

ヨック村はこの国で一、二を争うぐらいの辺境だから。

単純な距離であれば、南のドーランド公国、その国境付近の町の方が少し遠いけど、交通の便という面ではヨック村の方が圧倒的に悪いし。

「そういえばそうね。……うちの村にお店ができれば、ヨック村以上になりそうだけど」

「人口だけなら、勝っているんだがなぁ。誰か来てくれないものだろうか？」

アイリスさんはそんなことを言いながら、意味ありげな視線を向けてくる。

「……行きませんよ？　大樹海があるから、あそこでお店を開いているんですから」

「だよな。解(わか)っていた。──おっと、ここだな。ここを右に曲がって進むぞ」

「はい──って、これ、道ですか？　獣道と言うにも厳しいような？」

ヨック村とサウス・ストラグを繋(つな)ぐ小さな道を逸(そ)れ、アイリスさんが向かった先にあったのは、どう見ても藪(やぶ)。人が通った跡こそあれ、とても道とは表現できそうもない。

「安心してくれ。使用実績はある──お父様とカテリーナが、だが」

「目印も残してあるそうだから、迷うことはないはずよ」

あの二人かぁ……会う前なら安心できたんだけど、今は不安しかないよ？

「……やっと着きましたね」

「……あぁ、着いたな。一泊二日で」

「……あれ、道と言って良いのかしら？　店長さんがいてくれて、本当に助かったわ」

ロッツェ家独自の道標（みちしるべ）が各所に残されていたおかげで、道に迷うことはなかった。

——いや、正確に言うなら、方向に迷うことはなかった。

だって、道なんかどこにもないんだもん！

一般人なら命を落としかねない難所も多数。そんな場所を私の魔法で強引に道を通しつつ進み、一泊二日。時間と距離は短いかもしれないけど、疲労度は高すぎだった。

「まぁ、多少の道はつけたので、帰りは楽になると思いますけど……アデルバート様たち、いつこの道を開拓したんですか？　一回じゃ無理ですよね？」

「困難ではあったけど、方向や位置はかなり考えられていて、もし労力を考慮せずヨック村とロッツェ領に道を通すなら、最適に近いルートかもしれない。

「判らん。が、ヨック村との行き来を楽にしようと、調査したのだろうな」

「実際に役に立ったわけだけど……通ってきた後だと、素直に感謝しづらいわね。いくらなんでも厳しすぎるわ……使えるのなんて、極一部じゃない」

ケイトさんは疲れたようにため息をついたが、気を取り直したように顔を上げた。

「さて！　ここでこうしていても仕方ないわね。お屋敷に行きましょ」

「そうだな。まぁ、お屋敷とは名ばかりの小さな家だがな」

そんなアイリスさんの言葉は、決して謙遜ではなかった。

畑の間を抜けて見えてきたその家は、一見するとただの民家だった。

周囲の家が平屋なのに比べ、二階建てという点では大きな家と言えるが、実際の大きさは私のお店の三倍もなく、私の知る貴族のお屋敷とは当然のように比較にならない。

住居としては十分な広さなのだろうが、領内のあらゆる執務もここでやっていることを考えれば、かなり小振り。柵で囲まれた敷地の面積だけは、貴族のお屋敷に相応しい広さがあったが、逆にそのことが家の小ささを際立たせていた。

「……なんというか、とても温かな雰囲気の家ですね」

私の頑張った褒め言葉に、アイリスさんは苦笑して首を振る。

「店長殿、気を遣わなくて良いぞ？　この村ではマシな方だが、見ての通り古い木造家屋だ。だが、手入れはしているから雨漏りなんかはない。そこは安心してくれ」

安心して良いのか、微妙に不安になることを言いつつ、アイリスさんは私を手招く。

「さあ、中に入ろう。当家の救世主たる店長殿を迎える以上、本来なら村を挙げて歓迎するところなのだが、連絡をしていないからな。そこは勘弁してくれ」

「いえ、そんな歓迎、求めてませんから」

されたら反応に困るし。そもそも師匠やレオノーラさんと、気軽に連絡を取り合えているのが例外。普通なら遠距離での連絡には、多くの時間とコストが掛かる。

だから、出迎えはないのが当然、と思っていたんだけど……予想外なことに、待ち構えていたかのように家の扉が開き、二人の少女が駆け寄ってきた。

一人はアイリスさんを小さくしたような、一〇歳ぐらいの活発そうな女の子。

もう一人はそれより年下で、光の加減で銀色にも見えるブロンドの女の子。ズボン姿の一人目と違い、長めのスカートを穿いていて、少しお淑やかそうにも見える。

そんな二人を見て、アイリスさんは嬉しそうに顔を輝かせ、両手を広げた。

「リア！　レア！」

——が、二人はさっと左右に分かれてアイリスさんを躱すと、アイリスさんの後ろにいた私に、そのままの勢いで抱きついてきた。

「わわっ⁉」

私より小さくても二人分。よろけそうになる身体を一歩下がって立て直し、二人を見下ろすと、二人は笑顔で私を見上げてきた。

「サラサお姉ちゃん、待ってたよ！」

「サラサお姉様、お会いしたかったです！　歓迎致します」

「お、お姉……え、え？」

孤児院の子たちは姉と慕ってくれていたけど、この子たちは初めて会う子たち。

姉と言われて戸惑う私を見て、女の子たちは不思議そうに小首を傾げた。

「アイリスお姉様とご結婚されるんですよね？　だったら、私たちのお姉様ですよね？」

「えっと、まだ決まったわけじゃ……」

「そうなの？　えぇ～、頼りになるお姉ちゃんが増えると思ったのに～」

「アイリスお姉様やケイトさんとは違う、知的なお姉様。嬉しかったんですが……」

残念そうに口を尖らせる少女と、そっと目を伏せる少女。

そんな二人を見ると、背後から聞こえる『私って知的じゃなかったのね……』という悲しそうな声など耳を素通り、私はポンと胸を叩いた。

「ま、まだ決定じゃないけど、姉と慕ってくれて良いからね！　ドンとこい、だよ‼」

「サラサお姉ちゃん（様）！」

「えへへ……」

再度ギュッと抱きつかれ、頬が緩む。

実は妹か弟、欲しかったんだよね！

でも両親は忙しくて、他に子供を作る余裕はなかったようだし、孤児院の子たちも慕ってくれていたけど、どちらかといえば先輩、後輩の関係。姉妹関係とはちょっと違う。

こんな妹たちがいたら嬉しいな、と私も二人に腕を回す。

しかし、そんな私たちを不満そうに見る人が一人。

「なぁ、二人とも。実の姉には何かないのか？」

「えー、お姉ちゃんはこの前も帰ってきてたし」

「当家にとっても、アイリスお姉様より、サラサお姉様の方が重要なお客様ですわ」

私から離れることなく言う二人に、アイリスさんの膝がカクリと落ちかける。

「ひ、酷い……頑張っている姉に対して……」

「でも、借金を解消してくれたのって、サラサお姉ちゃんだよね？」

「むしろアイリスお姉様は、借金を増やしたって聞いています」

「ぐはっ！」

事実の指摘に、今度は耐えられなかったアイリスさん。ガクリと膝をついた。

「ま、まぁまぁ、お二人とも。アイリスが頑張ったおかげで、店長さんとの縁ができたわけですから。その意味ではアイリスのおかげですよ？」

ケイトさんの困ったような取りなしに、二人は顔を見合わせ、揃って頷く。

「そうですね。その点はお手柄だと思います。本当に」

「うん、お姉ちゃんの人生最大の功績だよね」

「そ、そうか？　まぁな！　ふふんっ♪」

微妙な褒め言葉で、アイリスさんが一瞬で立ち直った。

……いや、でも良いの？　それで？

「あとは、サラサお姉ちゃんの結婚相手として？」

「ですね。私かリア姉様が男だったら良かったんですが……いえ、アイリスお姉様が大丈夫なら、私やリア姉様でも……年齢的には有利かも？」

「ま、待った！　二人とも、私の価値を奪うのは止めてくれ！　店長殿も今日会ったばかりの二人より、私の方が良いよな？　な？」

「そうですね。まだ紹介もされてませんし……」

「おっと、そうだった。既に何度か話したことはあるが、店長殿の右側に抱きついているのが上の妹ウィステリア、左側に引っ付いているのが下の妹のカトレアだ」

アイリスさんの紹介に合わせ、二人の妹は私から離れてぺこりと頭を下げた。

「ウィステリアです。サラサお姉ちゃん、改めてよろしく！　リアと呼んでね」

「カトレアです。サラサお姉様、レアとお呼びください。アイリスお姉様、延いては当家を救って頂きありがとうございました。今後ともよろしくお願いします」

「うん、こちらこそよろしくね？」

ある意味でアイリスさんより自由っぽいのがウィステリア、年下なのに一番しっかりしているように見えるのがカトレア、と。

「でも、リア姉様。『店長殿』だって。チャンスはあるかもしれませんよ？」

「うん、だよね？　サラサお姉ちゃんを射止めたら、ロッツェ領はリアたちの物だよ？」

「ちょ、ちょっとお前たち。本気なのか？　であれば、私は跡継ぎにこだわりなど……あ

あ、いや、店長殿と結婚するならば……うぅ。ロッツェ領を継ぎたかったのか？」

「「ううん、別に」」

「なっ⁉」

「「あははは。冗談だよ（です）、お姉ちゃん（様）！」」

「こらっ！」

笑いながら家の中に走って行く二人を追いかけ、アイリスさんもまた家の中に。

そんな三人をケイトさんは困ったように見送り、私に苦笑を向けた。

「ごめんなさいね、店長さん。あの三人は大抵、あんな感じで……」

「いえ、仲が良いのは解りましたから……良いと思いますよ？」

「そう？　ありがとう。領民も含めて仲が良いのが、この領の一番にして唯一に近い良い

ところだから。——それじゃ、私たちも中に入りましょ」

ケイトさんに促されて入った家の中は、何やらドタバタ慌ただしい空気が漂っていた。

「あなた！　大切なお客様なんですから、一番良い服に着替えてください！　髪もきちんと整えて。レアとリアも気付いたのなら、飛び出す前にドレスに着替えなさい！」

「えー、お姉ちゃんも、こんななのに？」

「アイリスは帰ってきたばかりでしょ！　もちろん着替えさせます。ですが、アイリスは先に身体を清めてきなさい」

「私も着るのか……」

「当然です。リアは早く着替えなさい」

「ドレス、着て良いの？　普段は服が傷むからって――」

「今着ずしていつ着るんですか！　ロッツェ家の存亡が懸かった一大事ですよ！」

「奥様、あまり大きな声をお出しになると、お客様に聞こえてしまうかと」

はい、バッチリ聞こえちゃってます。

元々広くない家であるのに加え、壁も薄いのか、奥にいる人たちの声もかなり筒抜け。

ちょっと困ってケイトさんに目を向ければ、ケイトさんは目を瞑(つぶ)り、頭を抱えていた。

「……ごめんなさい、店長さん。まずはアイリスの部屋に案内して良いかしら？」

「私は別に構いませんが……挨拶をしなくても？」

「察してちょうだい」

と、お疲れ気味のケイトさんに言われれば、私としては何も言えない。

　そしてそんなケイトさんも、私を主のいない部屋に通すと、足早に出て行ってしまい、少し居心地悪く待つこと暫し。部屋にやってきたのはアイリスさん――ではなく、ドレスで着飾ったリアとレアの二人だった。

　二人とも似通ったデザインのふんわりとしたドレスで、リアが薄緑、レアが薄桃色の柔らかな色合い。それは二人にとてもよく似合っていて、レアは当然として、活発そうなリアもこうして見ると貴族のお嬢様に見える。

「わぁ、二人とも、可愛いね！」

「そうかな？　似合ってる？　これ、お姉ちゃんのお下がりなんだけど」

「リア姉様、余計なことは言わないでください。それを言ったら、私はそれの更にお下がりです。自分に合わせたものじゃないですから……」

「ううん、よく似合ってるよ。ドレスも全然草臥れてないし、手入れが良いのかな？」

「あはは、単に着てないだけだよ～。たぶん、片手で数えられるぐらい？」

「だから、リア姉様、一言多いです……。えっと、サラサお姉様、お母様たちは歓迎会の準備をしたいようなので、しばらくレアたちとお話しして頂けますか？」

「もちろん良いよ！　何を話そっか？」

やはり姉妹で仲が良いのか、レアたちが希望したのはアイリスさんの話。

私はそんな二人を微笑ましく思いながら、ケイトさんが『歓迎会の準備ができた』と呼びに来るまで、ヨック村でのアイリスさんの頑張りを、話して聞かせたのだった。


案内された部屋の中では、濃紺のドレスを纏ったアイリスさんが待っていた。

そして他に男女が二人ずつ。面識のあるアデルバート様とカテリーナさんを除けば、残りがアイリスさんの母親と、ケイトさんの父親なのだろう。

「サラサ殿、よく来てくれた。ロッツェ領の恩人を迎えることができて嬉しい」

「アイリスの母のディアーナです。サラサさんには、アイリスの命ばかりか心まで救って頂き、ありがとうございます」

アデルバート様の隣で優しそうな笑みを浮かべているディアーナさんは、先ほど聞こえていた声とは裏腹に、とてもお淑やかそう。身長は私よりも少し高いぐらいだけど、彼女の胸回りと腰回りには大きな差があり、とても女性的で母性溢れる美しい人だった。

「お久しぶりです、サラサさん。色々とお世話になってます」

「ケイトの父親のウォルターです。ロッツェ領の実務を担うものとして、サラサ様には感謝してもしたりません。本当にありがとうございました」

カテリーナさんと並んだケイトさんの父親は、はっきり言ってイケメンだった。

黒に近い灰色の髪にケイトさんによく似た緑の瞳、穏やかな微笑みを浮かべたその顔は非常に整い、三人揃って美形家族。執務を担っていると聞いていたので、勝手に線の細い人を想像していたけど、予想外にその身体はしっかりと鍛え上げられていた。

そんな大人たち四人から揃って頭を下げられ、私は慌てて手を振った。

「い、いえ、気にしないでください。成り行きでって面もありますし……」

「お父様、あまり大袈裟にすると店長殿も居心地が悪いでしょう。ここは普通に迎え入れた方が良いと思いますよ？」

「……そうか？　アイリスがそう言うのであれば。大した物は用意できなかったが、食事で歓迎させてもらおう」

そう言ってアデルバート様が席に着くと、他の人たちも席に着き、食事会が始まる。

そのテーブルに並んだ料理は、確かに決して豪華とは言えなかった。

しかし、とても丁寧に調理されていて、ロッツェ家の台所事情を知る私からすれば、歓迎の気持ちを十分に感じられる温かなものだった。

無駄に堅苦しい作法も求められず、穏やかな空気の中で食べる料理はとても美味しく、話も弾む。全員が好意的であることも手伝い、そこまで人付き合いが得意ではない私も、いつしか誰とでも気兼ねなく言葉を交わせるようになっていた。

その話の最中、ふと気付いたようにディアーナさんがアイリスさんに目を向けた。

「しかし、アイリスはサラサさんを『店長殿』などと呼んでいるのですか？　正式な婚約者なのですから、そのような無粋な呼び方はせず、名前で呼んだらどうですか？　サラサさんも、アイリスにさん付けなどする必要はないでしょうに」

「いや、以前変えようかと思ったのだが……」

アイリスさんが、窺うように私を見る。

そういえば、一時期そう呼んでたこともあったっけ。

あの時は既成事実化を狙っているようにも感じて、少し抵抗もあったんだけど……今更かな。無理強いするわけじゃないし、私にとっても利点の方が大きいわけだから。

「……構いませんよ、アイリス。もうお店だけの付き合いでは終わりそうにないですし」

「そ、そうか。サラサ、よろしく頼む。……改めて言うと、なんだか照れるな！」

はにかむように笑うアイリスさんを見て、ケイトさんも私に笑みを向けた。

「じゃあ、店長さん。私もサラサって呼んで良いかしら？」

「はい。ケイトさんは結構年上ですしね」

「うぐっ。確かに五つか六つ上だけど、そこは気にして欲しくなかったわ……」

何気ない私の言葉でケイトさんが肩を落とし、カテリーナさんがコロコロ笑う。

「あら、ケイトちゃんはエルフの血が入っているから、外見は老化しづらいですよ？　気にせず一緒に貰って欲しいです。ついでに呼び捨てにしてあげてくださいね？」

「いえ、そこは気にしてませんから！　それに、呼び捨ては……」

アイリスはまだしも、ケイトさんはお姉さん的雰囲気があるので、ちょっと呼び捨てにしにくい。とはいえ、親子して期待するように見られては拒否もできず。

「……ケイト？」

「ええ、それでお願い。サラサ」

笑顔で答えるケイトさん――もといケイトと、満足そうなカテリーナさん。

そんな基本的には楽しい歓迎会もやがて終わりが近付き、最後にディアーナさんから「我が家と思って、好きなだけ滞在してください」とのお言葉。

それに対し、「ありがとうございます」とは答えたものの、そこまでゆっくりできるはずもなく。私は翌日の朝から、精力的に活動を始めた。

マディソンたちの畑を整備したり――。

「隊長、あの広さの草地が、一瞬で畑になりましたよ？」

「とんでもねぇな。――全面降伏を選んだ俺を尊敬しても良いんだぜ？」

「感謝してます！」

ケイトの弟、ニールに会いに行ったり――。

「しゃ、しゃらしゃらねぇしゃま？」

「……ケイト。これ、言わせてますよね？」

「何のことかしら～？」

「いや、初めて会った相手の名前を呼ぶとかおかしいでしょ⁉　こんな小さな子が！」

「知らないわ～？　前回帰った時、頑張って教えたとか、そんなことはないわよ？」

「しゃららねぇ～？」

「くう、解(わか)っていても可愛いじゃないですか！」

リアとレアに魔法を教えたり――。

「サラサお姉ちゃんの教え方って、すっごく解りやすい！」

「うちの人たちって、ほとんど魔法を使えませんし、使えるカテリーナさんは人に教えるのに向いてませんからねぇ」

「ふふふっ、私は学校で教育も受けたからね！　お任せだよ！」

リアとレアに剣術を教えたり――。

「サラサお姉様って、凄く技巧的ですよね。お父様とは全然違います」

「お父様は強いけど、今のリアの体格だと、真似できないんだ。サラサお姉ちゃんの剣術なら、リアでもできるかも！」

「私も力はなかったし、この身長だから。技術アップを優先したんだよ」

リアと一緒に川で遊んだり――。

「サラサお姉ちゃん、こっち！　春になるとね、川の中に赤い実を付ける草が生えるんだ。甘酸っぱくて美味しいんだよ！」

「それは、アクヴィティスだね。水の綺麗な川、それも短い期間しか実を付けないから、結構貴重なんだよ？　食べると健康にも良いから、オススメ」

「さすがサラサお姉ちゃん！　物知り～」

「それほどでも～」

レアと一緒に刺繍をしたり――。

「サラサお姉様って、なんでもできるんですね。てっきり、こういう方面は苦手かと」

「錬金術師だからね。得意ってわけじゃないけど、色々できるよ？」

「十分に得意と言って良い範疇だと思いますけど……。うちの人たちって、実用一辺倒なのが多くて。付き合って頂けて嬉しいです！」

「言ってくれたら、いつでも付き合うよ！」

――え？　妹たちとばかり過ごしてるって？

うん、そうだね。でも仕方ないんだよ。可愛いんだから！

いや～、諦めていた妹ができるとは！　ロッツェ領に来て良かった！

――などと、存分に滞在を楽しみ、最終日。

ヨック村へ帰る私たちのために、アデルバート様たちが再び食事会を開いてくれた。

参加者は前回同様、ロッツェ家の人たちと、ニールを除くスターヴェン家の人たち。

皆さん一張羅で、普段着である私がちょっと浮いているのが悲しい。

「サラサさん、実際に滞在してみて、ロッツェ家はいかがでしたか？」

「とても温かで、スターヴェン家とも家族のようで……とても良いところだと思います」

「それも、サラサさんあってのことです。あの時に助けてもらえなければ、この領はすっかり変わっていたでしょう。このままなら、借金も無事に返済できそうです」

「そのようですね。領地の経営も順調なようですし」

私もこの数日、ただ遊んでいたわけじゃない。

——いや、半分以上は遊びながらだけど、領内も見回っていた。

そこで感じたのは、ロッツェ家のとても堅実な領地運営。

前回飢饉で危機に陥った経験から、商品価値は低くても干魃などに強い作物の作付けも増やし、それでいて主要作物の量も減らさないよう、開墾も進めたらしい。

普通であれば、キツい開墾作業には領民の反発があるものだけど、ロッツェ家が身銭を切って助けてくれたことを知る領民たちは、率先して開墾作業に参加したんだとか。

この領地であれば、余程のことがなければ返済は順調に行われるだろう。

「さて、サラサさん。改めて提案させて頂きますが、私たちの本当の家族になりませんか？　優秀な人を一族に入れたいという考えがないとは言いませんが、直接会って、純粋にそうなれたら良いと、私は思いました」

「……」

それは既に家族がいない私にとって、とても魅力的な提案だった。

家族のように親しい人はいても、本当の家族ではない。

形なんか関係ない、そう言う人もいるだろうけど……。

「何も恋愛的な意味で、アイリスを愛する必要はありません。友人、姉妹のような関係で構わないのです。それでもアイリスにとっては、ずっと幸せな結婚になると思います」

それはきっと、ホウ・バールと比べて、という話だろう。

うん、さすがにそれよりは、アイリスを幸せにする自信はあるよ？

「無理に跡継ぎを作る必要もありません。レアかリアの子を、養子として迎えることもできますし、サラサさんが望むなら、二人と結婚しても構いません」

ちなみにだけど、ディアーナさんがこんな話をしていても、アデルバート様はその横で、ただ『うむうむ』と頷いているだけである。

というのも、ここ数日で理解したのだけど、ロッツェ家の実権を握っているのはディアーナさんの方で、元々爵位を持っているのも彼女の方。アデルバート様が騎士爵を名乗れるのも、ディアーナさんと結婚しているから、らしい。

つまり、入り婿。立場的には、私と同じ？

——などと、ディアーナさんの衝撃的発言から現実逃避していると、いつの間にやら詰め寄るようにして、私の手を握る妹が二人に、姉っぽい人が一人。

「サラサお姉ちゃん、お願い。リアの家族になって！」

「サラサお姉様、私の本当のお姉様になって頂けませんか？」

「サラサ、以前も言ったが身分を持つことで守れるものもある。当家がサラサに報いることができるのはこれだけなんだ。形だけでも良い。どうか私と結婚してくれないか？」

真剣な顔でじっと私を見る、アイリスたち三姉妹。

結構違うと思っていたその顔も、こうやってみるとやはり似ているところが多く、整った顔立ちと、綺麗で澄んだ瞳に気圧(けお)される。

「……報いるとかは考えなくても良いですけど」

家族かぁ……。いつかは、もう一度手に入れたいと思っていたもの。

将来、手に入るかは判(わか)らない。そして、手に入ったとしても、どんな人かも判らない。

それに対し、今、手を伸ばせば与えられるのは――。

「「お願い（します）！　お姉ちゃん（様）‼」」

――もはや私の答えは、一つしか存在しなかった。

新米錬金術師の店舗経営05

冬の到来と賓客

令和3年9月20日　初版発行
令和4年5月20日　3版発行

著者――いつきみずほ

発行者――青柳昌行
発　行――株式会社KADOKAWA
〒102-8177
東京都千代田区富士見2-13-3
0570-002-301（ナビダイヤル）
印刷所――株式会社KADOKAWA
製本所――株式会社KADOKAWA

ISBN978-4-04-074257-1 C0193　◆◇◇

辺境都市の育成者

The mentor in a frontier city

レベッカ

王国貴族の子女だったものの、政略結婚に反発し、家を飛び出して冒険者となった少女。最初こそ順調だったものの、現在は伸び悩んでいる。そんな折、辺境都市の廃教会で育成者と出会い——!?

STORY

「僕の名前はハル。育成者をしてるんだ。助言はいるかな?」

　辺境都市の外れにある廃教会で暮らす温和な青年・ハル。だが、彼こそが大陸中に名が響く教え子たちを育てた伝説の『育成者』だった!　彼が次の指導をすることになったのは、伸び悩む中堅冒険者・レベッカ。彼女自身も諦めた彼女の秘めた才能を、『育成者』のハルがみるみるうちに開花させ——!　「君には素晴らしい才能がある。それを磨かないのは余りにも惜しい」　レベッカの固定観念を破壊する、優しくも驚異的な指導。一流になっていく彼女を切っ掛けに、大陸全土とハルの最強の弟子たちを巻き込んだ新たなる『育成者』伝説が始まる!

その男、

アード

元·最強の《魔王》さま。その強さ故に孤独となってしまった。只の村人に転生し、友だちを求めることになるのだが……?

ジニー

いじめられっ子のサキュバス。救世主のように助けてくれたアードのことを慕い、彼のハーレムを作ると宣言して!?

イリーナ

正義感あふれるエルフの少女(ちょっと負けず嫌い)。友達一号のアードを、いつも子犬のように追いかけている

神話に名を刻む史上最強の大魔王、ヴァルヴァトス。
王としての人生をやり尽くした彼は、平凡な人生に憧れ、
数千年後、村人·アードへと転生するのだが……
魔法の力が劣化した現代では、手加減しても、アードは規格外極まる存在で!?　噂は広まり、嫁にしてほしいと言い寄ってくる女、次代の王へと担ぎ上げようとする王族、果ては命を狙う元配下が学園に押し掛けてくるのだが、
そんな連中を一蹴し、大魔王は己の道を邁進する……!

ファンタジア文庫
すべてを蹂躙する。
じゅうりん
史上最強の大魔王、村人Aに転生する
The Greatest Maou Is Reborned To Get Friends
下等妙人
イラスト／水野早桜
シリーズ好評発売中!